文春文庫

きれいなシワの作り方

淑女の思春期病

村田沙耶香

文藝春秋

きれいなシワの作り方

淑女の思春期病　もくじ

単行本　二〇一五年九月　マガジンハウス刊

DTP制作　エヴリ・シンク

デザイン　大久保明子

きれいなシワの作り方

淑女の思春期病

淑女の思春期病

思春期……それは遠い昔に、とっくに卒業したと思っていた時代だった。急激な身体の変化と内面の変化に、心も身体も成長痛で苦しかったが、大人になった私は、驚きと痛みに満ちたあの時代を、懐かしく思い出しては、「あのころの自分、一生懸命だったなあ」と愛おしく思っていた。

けれど、30歳を過ぎたころから、私は、またさまざまな「身体の変化」を体験することになった。知識では知っていたけれど、身体では知らなかった数々の変化たち。初めての皺《しわ》に、初めての白髪《しらが》。徹夜がつらくなったり、異様に早起きになったり。

同世代の女友達と酒を飲むと、そんな話ばかりするようになった。アラサーになってから身体が変わってきたこと、そして、今までになかった心や環境の変化のことも。笑いながら、時には真剣に、「大人である自分が、もっと大人に」なっていく、その不思議な体験について語り合っていた。

大好きな女友達と何時間も話しながら、「あ、なんだか今、私たち、思春期みたい」と思ったことがあった。身体の変化に心の変化、女としての「人生の進路」に悩むこと。20代前半のころには想像もしていなかった発見の数々が、どこか、思春期のあのころを思い起こさせたのだ。

エッセイの連載をしてみませんか、とお話を頂いたのは、ちょうど、そのことばかり考えて、それに関する小説も書こうとしていて、それでも、物語には書ききれない数々の小さな「変化」や「発見」や「痛み」が溢《あふ》れてきて、どこか愛おしいそれらを、こっそりとノートの片隅に拾い集めていたときのことだった。

「すごく身体が変化していて、心も変化していて、思春期みたいだなって思うんです。だから、そのことについて、書きたいです」

思春期、という言葉を大人の自分に対して使うことはとても恥ずかしかったが、編集の女性は、「わかります、わかります！　私もこんな身体の変化が……」ととても真剣に私の話を聞いてくれた。

「思春期病」。大人になった自分たちのさまざまな変化にそんな名前をつけたとき、少しくすぐったかったが、しっくりと馴染《なじ》むような感じもあった。

身体も心も変化の最中にある、今しか書けないことがある気がした。きっと5年後、私の身体の変化はもっと進んでいるだろうし、ここに書いた言葉すべてに違和感を持つようになるかもしれない。それでも、「今」だから書ける言葉を、拾い集めたい。時には笑いながら、時には真剣に、書き留めておきたい。

大好きな女友達と、大人の女ならではの尽《つ》きないお喋《しゃべ》りをするような、ちょっとわくわくする気持ちで、生まれて初めてのエッセイの連載が始まった。

きれいな皺のつくりかた

初めて顔に皺ができたのは、20代後半のころだった。化粧品売り場のカウンターで人見知りをしていた私は、少しでもカウンターの人にいい気分になってもらおうと、

「わあ！　凄《すご》いですね、この美容液の効果！」

とお愛想《あいそ》を言いながら目を見開いた表情をした。その途端、カウンターの女性が般若《はんにゃ》のような表情になったので、わざとらしかったのだろうか……とびくっとしたら、

「お客様……あのですね、お顔に皺ができてしまうので、そういう風に目を開いた表情はやめたほうがいいですよ。お気を付けください」

と低い声で告げられた。

私は一気に落ち込んでしまった。カウンターの人の形相《ぎょうそう》が単純に怖かったし、意味もなくお愛想を言った自分を全否定された気もした、というのもあるが、何より、「美容のために表情を制限しろ」と言われたのが、なんとなく悲しかった。

私は、年上の美しい人の皺が好きだ。目尻に皺がある女性が笑うと見とれてしまうし、細い首に、金色のチェーンのような華奢《きやしや》な皺があり、その上にネックレスが重なっているのを見ると、素敵だなあと思う。

一方で、寝起きに自分の顔を見て、はっとすることがある。これは枕の跡だ……と言い聞かせながらクリームを塗《ぬ》り込み、それでも消えない皺に呆然《ぼうぜん》としたりする。

なんとなくだが、「皺」には、自分を見抜かれている気がする。

笑顔などの楽しい表情、何かに感動するような素敵な表情を日々重ねることでできていった皺は美しいような気がするし、眉間《みけん》に皺を寄せたり、凄い形相で誰かと喧嘩をしたりしてできた皺は、きっと醜《みにく》いのだ……という、おとぎ話のような妄想が、若いころからずっと頭の中にある。(たぶん、母が、『私は若い頃に苦労したから眉間に皺ができた。苦しい表情ばっかり浮かべていたからこうなった』といつも愚痴《ぐち》っていたせいだと思う)

これは私だけの感覚ではなく、大学生のころから、「きっとそうだよねー」と友達と話すことがあった。「女優の○○さんの皺は、綺麗だし可愛いし、すごく好き。でも、大学の○○先生の皺は、ストレスでできた皺って感じがする」などと、平然と人の皺を裁《さば》く子もいた。自分はつるつるの肌で、自分より何十歳も年上の人の皺を、訳知《わけし》り顔で品評していたのだ。

今、自分の顔にできた皺を見て、当時の自分に見せたら、この皺をどう思うのだろうかと考える。

もちろん、「皺ができた」ということ自体、なんだか風当たりが強いことでもある。特に男性から。

「あの人若作りしてるけどさー、皺くちゃだよなー」

などと平然と言う人もたくさんいる。

そういう人は、「この皺は、私の自信作で、とっても綺麗な、むしろチャームポイントだから！」といくら主張してもきっとわかってくれないし、戦うのも無駄なのだろう。

美しい皺の持ち主は、鏡に向かって足掻《あが》くことはあるのだろうか。

私は自分にも、自分の価値観をわかってもらうことにも結局自信がなくて、鏡の前で足掻いてしまう。無駄に高いクリームを買って塗り込んでみたり、表情筋の体操をするためにニンテンドーDSまで買ってしまった。結局、「皺なんて、全部、醜いじゃん」と平然と言う人の価値観に迎合《げいごう》しているじゃないかと、皺を綺麗だと言ったのは理想論で、現実にそれが起きればこうして足掻いてしまうのかと、自己嫌悪に陥《おちい》る。

皺は美しいと思う。でも、皺を作らないような努力をしてしまう。どちらも本当の私の気持ちなのだという気がする。２つの価値観の間を揺らいでいる。目尻はいいけど法令線は嫌だとか、首元の皺はできるだけ華奢な金のチェーンみたいなやつがいいとか、まるでアクセサリーショップにでもいるように、我儘《わがまま》ばかり考えている。自分の身体がそんな風に思い通りに変化することなどないと、10代の思春期にあれほど思い知ったはずなのに、大人になった今も高いクリームやら謎の体操やらでコントロールしようとしている。こうやってもがくことが思春期病そのもので、きっと未来の自分に笑われるのだろう。

パリの女性のファッションについて書かれている本を買った。そこには、年をとってもお洒落《しゃれ》を楽しんでいて、若い女性では太刀《たち》打《う》ちできないような深みのある美しさを持っている女性がたくさん描かれていた。私の好きなある映画の中でも、とってもチャーミングなおばあちゃんが皺をアクセサリーみたいに肌に纏《まと》って悪戯《いたずら》っぽく微笑んでいるシーンがある。それを見ていると、やっぱり綺麗だな、と思う。

いつか胸を張って、私の皺は綺麗な皺なんだよ、と笑って鏡を見ることができるようになりたい。今、鏡を見て心がイガイガしてしまうのも、成長痛だと思えば愛しい。大人になっても、身体の変化は私に痛みを与える。自分の身体が、想像を超えた変化を遂げていく。大人になって再びそれを体験していることは、必ずしも悪いことではないと思うのだ。

はじめての結婚願望

数年前までは、「村田さんって結婚願望ありますか」と尋ねられたら、迷わず「あんまりないです」と答えていた。実際、私には「結婚願望」というものがよくわからなかった。恋人がいてずっと一緒にいたいなと思うことはあっても、「恋に恋する」みたいな形で漠然《ばくぜん》と「結婚を願望する」ということがわからなかったのだ。

そのころ、周りは婚活ラッシュで、「とにかく結婚したい」という人が多かった。友達の中には、「相手がいて、その人と結婚したいと思うのはわかるけど、とにかく結婚したいっていうのは、何なの？　理解できない」と厳しいことを言う人もいたが、私は「とにかく結婚したい」と婚活をして、傷ついたり、相手を見つけたりしていく友達を、どこか眩《まぶ》しいような気持ちで見つめていた。

自分の人生における「欲しいもの」が明確にあって、それを努力して追いかけるということは、人から責められるような悪いことではないように思えた。

「結婚がしたい」友達の、「欲しいもの」は様々だった。「とにかく会社で肩身が狭い。それから解放されないと、自分に自信を無くして死ぬ」という子もいれば、「子供が欲しい。だから自分と一緒に、子供を作ってくれる人が欲しい」ときっぱりという子もいた。「老後が心配だから、とりあえず結婚しておきたい」という子もいれば、「『誰からも選ばれない自分』にはもううんざり。人生で誰も味方がいない。結婚相手がいるっていうだけで、『家族』という味方がいる人生になれる。それだけでいい」という子もいた。

皆、それぞれなりに、切実で、ぎりぎりだった。苦しんでいた。

「どうせお金目当てなんでしょ？」と婚活している女性に絡《から》む人もいたが、私には、彼女たちが欲しいのは必ずしもそうではないように見えた。もっと苦しそうだったし、もっと申し訳なさげで、自分に自信がなさそうだった。もちろん、家にお金はたくさんあったほうがいいが、二人で力を合わせてやっていくだけあればいい、とにかく、こんな自分のパートナーになってくれる人なら、誰にでも感謝する。そういう姿勢の人が多いように、私には見えた。

私も自分には自信がなかったが、不思議と、結婚したいとはあんまり思っていなかった。本人の性格の特性なのだろう、くらいにしか考えていなかった。

しかし、ある日、自分にはどうしてそういう願望がわかないのだろう？　とじっくり思い返してみると、そういえば、幼稚園のころ、私には確かに「結婚願望」があったことを思い出した。

誰かが私を「もらってくれる」こと。私はそのことに、切実に憧れていた。大人になったら、誰かに「選ばれたい」。そのことで、きっと初めて、自分のことを、価値のある人間だと思えるのだろうと思っていた。

また、周りの反応が嬉しくてそう言っていた面もある。幼稚園のころ、将来の夢を書いてそれを絵にするというとき、私は「およめさん」と書いた。

幼稚園の先生たちは、「お花屋さん」とか「パイロット」と書いた子供に対するのとは違った反応を、「およめさん」という言葉に示した。

「さやかちゃんは、お嫁さんになりたいんだね！　きっと素敵なお嫁さんになれるよー」

「まあ、さやちゃん『お嫁さん』になりたいの？　わー、素敵ね。みてみて、かわいい！」

幼稚園の先生たちが、一様に、「素敵ね」「かわいいわねえ」と、奇妙な甘い雰囲気になり、目を細めて私の書いた「夢」について語り合った。その生温《なまあたた》かさ、そういうことを言う女の子は可愛い、という先生たちの態度、「おませさんねえ」と言いつつ嬉しそうな母、そういう大人たちのリアクションを見ながら、「素敵なお嫁さんになること」を目指すことは、大人たちをこんなに喜ばせるんだな、とぼんやり考えていたのを覚えている。

だんだんと成長していくにしたがって、大人を喜ばせるために「お嫁さんになりたい」と言うことを、私はしなくなった。「本当はちっとも、そんなこと思っていない」と考えるようになった。「周りから、そうやって言わされていただけだ。私は結婚なんかしたくない」とすら思うようになった。

20代後半のときに付き合った恋人は、とにかく「結婚がしたい」人だった。結婚がしたいというより、「結婚をして、自分をとことん甘やかしてくれる人が欲しい。さやかに、そうなって欲しい」というような人だった。

私は彼の家に毎日通って食事を作らなくてはならなかったし、毎日のように「結婚したい？」と聞かれ、「うん！」と答えなくてはならなかった。答えないと、彼は、怒鳴ったり泣いたりした。彼は子供だったのだと思う。無条件の愛情を自分に注いでくれる人を探していて、それが「奥さん」なのだと信じて疑っていなかった。彼の「結婚したい」という言葉に「私もしたい」と答えると、彼は喜んだ。彼を喜ばせるために、または興奮して暴れる彼を鎮《しず》めるために「結婚したい」と口に出すたびに、「結婚」という言葉が恐怖に変わっていった。

このまま、彼の欲しいものを与え続けることが、果たしてできるだろうか。そもそも、私は彼に「結婚したい」と告げることで、彼から一時的に逃げようとしているだけだ。自分にとって「結婚」が何なのか、どんどんわからなくなっていった。彼にとっての「結婚」の都合のいい部品になること、それ以外のイメージを持てなくなっていった。「結婚」という言葉は、彼を無条件に甘やかす存在になること。自分の仕事や夢を犠牲にしても、彼のために時間を割《さ》くこと。彼のために家事をして、子供を産んで、彼の人生プランを叶えること。彼の性欲の清潔な捌《は》け口であり続けること。自分の意見を言わずに、彼の願望を叶え続けているうちに、どんどん私は息苦しくなっていった。自分の意見を言わないと、彼の機嫌はよかった。

彼の暮らす家の中は密室で、「それはおかしいよ!」と私たちの姿を見て言ってくれる人は誰もいなかった。彼も極端だったが、私も間違っていた。口をつぐんで、彼にとことん従うことで、密室の中で自分を守ろうとしていた。「結婚」は、自分の身を守るためだけに発する呪文になった。自分で自分にかけた呪いでもあった。

彼と別れた時、「お前、俺と結婚する気ないだろ」と吐き捨てるように言われた。あ、見抜かれていたのか、と私は思った。

それ以来、特に、私は「結婚したい」と思うことがなくなった。「結婚」という場所で、相手と自分しかいない密室に閉じ込められることが、たまらなく怖くなった。だから質問にも、いつも「結婚願望はないです」と答えていたのだ。

しかし最近は、私は冒頭の質問に違う返事をしている。

「機会があったらしてみたいと思っています」

と答えている。

それは、若かった自分をとことん反省して、もっときちんと誰かと話し合うこと、相手をかわすためだけに、卑怯《ひきょう》な気持ちでその言葉を使うのではなく、話し合って、やってみること。それができたらきっと素敵だな、と思えるようになったのだ。

たぶん、周りに素敵な結婚をしている人が多くて、勇気づけられたのかもしれない。自分と違う家で育って違う日常の中で生きてきた人と、話し合いながら二人にとって丁度いいやり方を模索していくこと。二人にとっての「結婚」を、もっと柔らかい発想で探していくこと。それができたら楽しいだろうな、と考えるようになったのだ。

家の中に誰かがいるということが、必ずしも温かいことではないということは知っている。しんどいときのほうが多いかもしれない。でも、やってみたい。これが結婚願望なのか何なのかよくわからないし、私のチャレンジに相手を巻き込むのは迷惑な気もするし……と前に飲み会で男の子に話したら、「いいじゃないですか、チャレンジ婚！」と言ってもらえてちょっと嬉しかった。

「今まで知識としてしか知らなかった感情が、ある日突然自分に訪れる」という経験は初恋で終わったと思っていた。それが大人になって今、自分に起きている。身体だけではなく心も急激な変化を遂げている気がする。

結婚願望の先輩に言わせれば、私の持っている感情なんて結婚願望のうちには入らないらしい。でも、「結婚願望って何だろう」と思っていた私が、「誰かと日常を共有してみたい」と思うこと自体、大きな成長（？）で、変化なのだ。変化は苦しいけど、進んでいる感じがして嬉しい。価値観や生き方は、30になったらガチガチに固まっていても う変化しないものだと思っていたが、そうではないらしい。大人になっても、突然、感情が脱皮《だっぴ》することがある。まだまだ成虫じゃないな、と脱皮しながら初めて気が付くのだ。

おしゃれの曲がり角

「ある日、何を着ていいかわからなくなった」と友達が言う。今まで着ていたものが急に顔と合っていない気がして嫌になり、じゃあ何を着ればいいのだろう、と迷ってしまっているのだそうだ。

そういえば私も20代半ばのころ、クローゼットの中身が全部入れ替わるくらい洋服の方向性が変わったことがあった。それまで好きだったピンクやレースの服が急にいらなくなり、もっとシンプルでナチュラルっぽい服が好きになったのである。その話をすると、「わかる……ファッションの曲がり角。あれは人生に何度か訪れる。物凄くお金がかかるんだよね……」と憂鬱《ゆううつ》そうだった。

「ずっと昔から、ファッションの方向性が今の傾向だったらよかったのに……」

と頭を抱えていた友達がいるし、同感だが、それはなかなか難しい。

ファッションの曲がり角を曲がってしまうと、昔着ていた服が黒歴史になる場合もある。私は大学に入りたてのころは、突拍子もない恰好《かっこう》ばかりをしていた。あるデザイナーさんのファンだったのだが、それが、真っ白な布を身体にぐるぐる巻きにして安全ピンで留めたり、袖《そで》がいくつもあったりと、とにかく斬新《ざんしん》なものばかりだった。そればかりを着ていたので、親からも、「それは服なの？　本当に着るものなの？」と言われながら、意気揚々《ようよう》とそれらの服を選んでいた。

自分で改造した服も着ていた。センスがいいならいいのだが、センスの悪い改造をした服だったので、周りからいつもつっこまれていた。白いシャツを2枚使って、通常の2倍の長さの袖があるシャツを完成させ、自慢げに着ていた自分を、どうかしていると今では思う。

それが、ある日、彼氏ができたり色気づいたのが理由で、女の子らしいミニスカートとかワンピースを好むようになった。それがだんだんエスカレートして若干《じゃっかん》ギャルっぽい恰好をしていたこともあった。

今、ナチュラルっぽい服装に落ち着いた（つもり）の私だが、たまに友達から、

「さやかって、大学のころ、ギャルじゃなかった？」

とか、

「袖が異様に長いシャツを着てなかった？」

と言われると、「うわあああああ！　その話はやめてーーーー！」と頭を抱えてしまう。

「〇〇ちゃんだって、合コンのとき全身蛍光《けいこう》色のコーディネートで決めていたくせにー！」

「やめろおおお！」

と、居酒屋で怒鳴り合いになるので、親しい友人とは、互いのファッションの黒歴史には触れないことにしている。

そして今、まさに「曲がり角」を曲がろうとしている友人なのだが、ファッション雑誌も今までと違うものが読みたいそうなのだ。けれど何が着たいのか自分でもわからず、雑誌コーナーで呆然としているのだそうだ。気持ちは物凄くわかる。昔はアラサー以降の女性が読む雑誌は少なかったと思うのだが、今は本当に多い。それは喜ばしいことだけれど、自分がなりたい自分が「大人かわいいゆるふわアラサー女子」なのか「ナチュラルだけど個性的な自然体ファッションの素敵な女性」なのか、キャッチフレーズを読んでいるだけでだんだん混乱してくる。

年をとっても好きな服を着ていたい、というけれど、自分の好きな服自体がよくわからなくなってきてしまった場合はどうすればいいのだろうか。そもそも、今まで何も考えずに着ていた服が、どうしてある日突然嫌になってしまうのだろう。上辺では「好きな服が似合う服だよね」と言っていてもどこかで、「イタくなりたくない」という気持ちが働いて、今持っている服が全部イタく感じられていらなくなってしまうのだろうか。だとしたら、なんだか悲しい。あの日捨ててしまったピンクのレースの服が、本当はまだ着たいのだろうか……いや、それはない、となるので、やっぱり洋服の趣味が変化する時期なのだろう。

いくつになっても好きな服を着ていたい。運命の一着と出会ったり、服に一目ぼれしたり。好きな洋服のテイストがいくら変わろうと、そういう気持ちはまったく変わらないのだから不思議だ。不思議だけれど、その気持ちにだけは素直でいたい、と思っている。

モテモテ老人ホーム

30歳になって少したったころだろうか。昔のバイト仲間で飲んでいた時、一人の男の子が言った。

「村田さんもAさんも、結婚諦《あきら》めてるんでしょ？　俺もしたいけど、できないだろうなって自分で思うんだよねー」

私は結婚というもの自体をあまり意識していなかったのでぼーっとしていたが、Aさんは言った。

「私はしたいです。でも、もしできないなら、老人ホームでモテたいです」

それを聞いた男の子が呆然としてAさんを見つめた。

「俺もそれ考えたことある……！」

私は少し悩んだあと、目を伏《ふ》せながら白状した。

「……私もあります」

男の子は「やべー、結婚できない奴ら、皆考えること同じだー！」と爆笑した。

こんなくだらない妄想を抱いているのは自分だけだと思っていたので、その場にいた5人中3人が同じことを考えていたということが衝撃的だった。そしてそれから数年がたち、今もその3人は結婚していない。それどころか、この前その話をしたら、

「あ、それ、じっくり作戦考えたんですよ。あのですね、ちょっと若いうちに老人ホームに入るんです。そうしたら、ホームの中では一番若い！　新入りのあの子かわいくない？　ってことになって、自然とモテるでしょ？　男性の中で取り合いになって、老人ホームに入ってる他の女性から苛《いじ》められるんです。それでですね……」

と、妄想がさらに具体的に進化していた。

その話を結婚している友達にしたら、「何だそれ……それは……まったく考えたことなかった……」と愕然《がくぜん》とされた。そういうことを考えない人が、きっと目の前に流れている時間の中でパートナーを見つけて結婚するんだろうなあと、妙に納得した。

なぜ私達は老人ホームでモテようとするのだろう。年をとっても恋を忘れない、という前向きな姿勢という考え方もできるが、とりあえず時間の猶予《ゆうよ》を自分に与えて現実逃避しているだけなような気もする。明日自分がモテる妄想をすることは恥ずかしいが、何十年か先のことなら許される気がして、都合のいい未来を思い浮かべてニヤニヤして

いるのだ。本当に残念だとしみじみ思う。

そもそも、モテる、とは何なのか。そのことで何を満たそうとしているのだろう？　自意識だろうか？　孤独だろうか？　自分が何を本当は欲しいのかわからないまま、漠然と、幸せそうな未来を思い浮かべているだけなのだろうか。

もし老人ホームでモテようとしている人がいたら、それは物凄く競争率の高い戦いなのかもしれない、ということだけは伝えてあげてほしい。このエッセイを書いた直後、さらに４人ほど発見されたので本当に多いのだ……。

自意識過剰とSNS

Ｆａｃｅｂｏｏｋが上手くできない。ｍｉｘｉが流行《はや》った時にも感じたのだが、ＳＮＳをしようとすると自意識が邪魔をして、どうしてもフランクに文字を書くことができない。

Ｆａｃｅｂｏｏｋもｍｉｘｉも、ページを見ると「相手のキャラクター」がわかるようにできている。それがダメなのだ。作り込みたくなってしまう。

たとえば、好きな音楽や住んでる場所、勤め先をどういう風に記入するか。Ｆａｃｅｂｏｏｋなら、昨晩どんなお店にチェックインしたか。トップ画像は旅行の写真か、子供の写真か。アイコンはペットか、自分で育てた花か。

アップする日記の傾向でも、「今、自分がどんな人間で、どんなライフスタイルか」といくらでも表すことができる。

「今日は久しぶりにゆっくりできる週末～！　ホテルのラウンジのアフタヌーンティー

を予約しました。景色が綺麗だったー（アフタヌーンティーのお皿と、さりげなく写り込むエルメスのバッグの写真）」「ルブタンの靴、３足目は黒にしてみた☆（自分撮りしたクリスチャン・ルブタンの靴を履《は》いた足元と、さりげなく写り込んだ腕にカルティエの時計）」「仕事の出張ー。天気がいいといいなー（機内食の写真と、さりげなく写り込むハリー・ウィンストンのブレスレット）」「『○○さんがマンダリンオリエンタルパリにチェックインしました』」

という投稿から見えてくる「私」と、

「旦那さんから結婚記念日のサプライズ☆ずっと欲しかったものをプレゼントしてもらえて、感激。いつもありがとう♡（ティファニーの箱と花束の写真）」「ガーデニングでとれたハーブを使って、夕ご飯を作ってみました。たくさんとれたから、ハーブをママ友におすそ分けしようかな？（ル・クルーゼの中に手の込んだ料理の写真）」「友達からもらったタオルケットがお気に入り♡可愛い寝相《ねぞう》アートが撮れました」

という投稿から見えてくる「私」と、

「これ読んでる人で、今夜呑める人、□□に集合！　特に△△、お前は絶対来いよーー　ｗｗｗｗ‼（いいね！４２９件　コメント47件）」「地元の友達と久しぶりに集合！　みんな変わってねーーーｗｗｗ（華やかな男女の集団で、半分以上がタグ付けされている写真)」「〇〇さんが『今日は海辺でバーベキュー！　いつも面白くて大好きな〇〇ちゃんと、大きな串焼きのお肉♪』の写真にタグ付けされました」という投稿から見えてくる「私」。

配偶者の有り無しはともかく、どの情報を出すか、どんな写真を撮るか、どんな言葉づかいでどんな風に誰と絡むか、どんな記事に「いいね！」をするかで、無限大に「私」のキャラクターが作り込めてしまう。

こういうものが、子供のころから苦手だった。たとえば、サイン帳。趣味の欄やら好きな音楽やらのスペースに、本当に好きなものを書けばいいのに、「趣味☆××の小物集め♪」「好きな音楽☆エンヤとサティ」みたいに、妙にキャラを立てようとしてわけがわからなくなったり、嘘ではないけど真実かと言われればそうでもないような、自意識に振り回されたよくわからない回答ばかり書いて、かなり痛々しいものを完成させていた。(丸字が流行っていたので、あえてカクカク系のヘタウマな字を練習してそこでも個性を出そうとしていた)

なんだか、あの時のキャラを作り込んだサイン帳を思い出してしまうのである。とてもつらい。

他の人のページに対して「こいつキャラ作り込んでる……！」と思うことはあんまり

ないのだが、（なんか、みんなすごく素直に自然にやっている、ように見える）というか、たとえネット上でキャラを作り込んでいようと本人が楽しいなら気にならないのだが、自分が周りから「村田さん、こんなにキャラ作り込んで……」と思われることに対する恐怖。「あ、ちょっとアート系の尖《とが》った感じでいきたいのかー。こんな記事に『いいね！』連発してる」とか、「へえ、深夜の2時にこんなところでチェックインするのかー。ちょっとセレブな夜遊び感をアピールしたいのかな」とか思われて、自分の深層心理まで全部見抜かれていたらどうしよう……と悶絶《もんぜつ》してしまうのだ。

何年も会っていない人たちに、どのパターンの「私」であることもアピールできるのだ。それが、なんだかすごく怖い。

自意識が邪魔して、ＳＮＳには結局、ほとんど意味のあることを書き込めずに終わる。（Ｔｗｉｔｔｅｒは、不特定多数に向いているし、機能もシンプルなので、そこまで綿密にキャラを作り込むことはできない気がして、Ｆａｃｅｂｏｏｋやｍｉｘｉに比べるとだいぶ楽な感じがある）

でも、人のページを見るのは好きだ。友達の子供が大きくなっていく様子とか旅行の写真とか日常の呟《つぶや》きとかを見ていると、なんだか一人じゃないような気がするし、孤独が紛れる。ますます孤独を感じるという友達もいるしその気持ちもわかるが、私は比較的、人のページを見る分には呑気《のんき》でいられる。

ただ、自分では書けない。どうしても書けない。友達とお洒落なカフェなどでお茶をした時、一応写真を撮ってみたりする。でも、いざとなると、その写真をアップロードすることがどうしてもできない。「私はこんなお洒落な場所でお洒落な日常を送っていますよ」と言っていると思われるような気がしてならない。ネガティブなことも「私をかまってください」と言っている感じでうざいだろうな、と思うので書けないし、かといって、「私はこんなに幸せです☆」と思われるようなことも書けない。なんだか、同窓会で、「私は今幸せです～！　人生の選択、全然間違えてないです！」と目いっぱいのお洒落をしてさりげなくアピールしている痛い姿を延々晒《さら》しているような物凄い羞恥《しゅうち》心に襲われるのだ。ナチュラルに投稿できる人が、本当にうらやましい。

こうしてみると、私は未《い》だ《ま》に自意識にがんじがらめなのだな……と自分で悲しくなってくる。いつになれば、私は何の抵抗もなく、お洒落なカフェのお洒落なお皿の写真をアップロードできるのだろう。別にそんなに無理してすることでもない気がするのだが、この自意識過剰からはいい加減、解放されたい。世界に自分がどう思われるかまったく気にせずに日常を発信している皆の姿に、いつも憧れながら、「いいね！」をするのが精いっぱいなのだ。

大人のパンチラ考

私は最近、パンチラについて考えることがある。

思えば高校生のころ、私は放課後になるとスカートを膝上まで上げて、階段ではいつも鞄《かばん》で下着を隠していた。なぜ隠すのかというと、「恥ずかしいから」だった。だがその陰に、「そういうものを見せると変な人が喜ぶかもしれないから」という気持ちもあったように思う。

今も私はパンチラをしないように気を付けている。でも、その理由が、昔とは微妙に違ってきているような気がする。もちろん隠す理由は「恥ずかしいから」なのだが、なぜ恥ずかしいのかと言えば、

「見てしまった人が、おばさんのパンツを見てしまった、と気分を害するかもしれないから」

「見てしまった人が怒るかもしれないから」

「見てしまった人が具合が悪くなるかもしれないから」

……と、だんだんとネガティブになってきているような気がする。

階段などでふわっとスカートが捲《まく》れて、「あれ、今見えたかな⁉」というとき、若いころは、まず「今日、どんなパンツだったっけ」と考えていた。そして、「あ、今日はいいパンツだからまあいいか」とちゃらんぽらんなことを考えていた。変なパンツだと恥ずかしいけど、いいパンツなら、まあいっか。その程度の雑な恥じらいしかなかった。

しかし今は、「誰が見たか」のほうが気になる。おばさんのパンツに、いいパンツも悪いパンツもなくて、全部「おばさんのパンツ」なのだ、と感じているのだと思う。

「女子高生」で「若い女」だったころの私は、「若い女のパンツはエッチだから隠そう」つまり、「見た人がエッチな気分になるような素敵なものだけど見せないようにしよう」という気持ちで下着を隠していたのだと、おばさんと呼ばれる年齢になって初めて気が付いた。それはそれで性的な苦しみがあったと思うが、今は、「自分が性的な苦しみを与える側なのでは」と感じてしまう。本当は、年齢を重ねても「私のパンツは素敵だから隠そう!」と思わなくてはいけないのだと思うが、どうしても思考がネガティブになってしまう。堂々と、「私は素敵なものを見せてます!」とパンチラができる大人になりたい。

けれど、たまに思う。子供のころ、近所には胸を出してパンツを丸出しで縁側に座っているおばあさんがいた。回覧板を届けに行ったときに、乳首が丸見えの状態のおばあさんが出てくることもあった。孫から、「おばあちゃん、乳首、乳首」と注意されても、「いいじゃないのさ、こんなおばあちゃんの乳首誰もなんとも思わないんだから。自由に出したって」

と平然と答えているのを見て、衝撃を受けたものだ。

おばあさんが平然と見せている胸は、奇妙な生々《なまなま》しさがあった。少しもいやらしい感じではなく、「人間の胸は、こういう風なカタチになっていくのか」と不思議に思うような、無邪気な生々しさだ。

おばあさんの胸は、公園に落ちているエッチな本の中にある「胸」とはまったく別のものに思えた。不思議な動物っぽさがあった。小さいころ遊んでいた友達は、「おばあちゃん、触らせてー!」とおばあさんの垂れ下がった胸を持ち上げたり、顔をくっつけたりして遊んでいた。おばあさんも「はいはい」と平然としているのだった。

私は、その「自由さ」みたいなものが、強烈に印象に残っている。男性の目など気にしない、お日様の光を浴びて日光浴している姿は、テレビやエッチな本の中の「胸」とはまったく違う存在になっているように思えたのである。

自分もいつかこうなるのかな、と思ったけれど、第二次性徴すらまだだった私には遠い出来事に思えた。そしてそれから30年近くたった今もまだ、私は自分の胸を縁側でさらけだして日光浴する勇気はない。

けれどそのうち、今一生懸命隠しているこの下着も、別に出してもよくなるのではないのかと想像する。年をとって、のんびり乳首を出したりパンツを見せたりしながら生きていくようになったとき、私は今、必死に隠している自分を、「若いなあ」と笑うのだろう。

早く、パンツを見せながら、軽やかに歩きたい。電車の中で膝《ひざ》を固く閉じながら、いつか自分にも、とびきり自由な、素敵なパンチラができる日が来ると信じている。今はまだ、その日が来るまでの蛹《さなぎ》の状態なのだと思うのだ。

「年齢に合ったいいもの」の謎

「やっぱり、この年齢に合ったいいものを身につけなくちゃ」とは、一体何なのだろう。鞄にしてもアクセサリーにしても、そう言っていきなりゼロが1個違うようなものを買ってみたりする発作《ほっさ》はなぜ起こるのか。

数年前、私は高いバッグを買った。理由を話すと長くなるのだが、当時友達が少なかった私は孤独を紛《まぎ》らすために同い年のOLさんが書いているブログをいつも読んでいた。具体的には、カフェなどでお茶をしている時やバイトの休憩の時、周りの女子が楽しそうにメールをしているのに自分の携帯がしーんとしているのが寂しくて、メールチェックしているふりをしながら赤の他人のブログを読んでいたのだ。そうしたらある日その人が、「この年齢で安いバッグとか、恥ずかしいですよね」と言い出し、ブランドもののバッグを急に2個買ったのである。「やっぱり、いいデザインのバッグは金具使いが違う！　伊勢丹でちょうど欲しい色があったので、お持ち帰りしました☆」という日記を読んだ私は、なぜか翌日伊勢丹に行って、彼女と色違いのバッグを買ってしまった。

自分でもネットストーカーだと思うがそれは横に置いておくとして、せっかく買ったバッグを私はしばらく隠していた。それはでかでかとブランドのロゴが入っているようなものではないが、「ブランドもののバッグを買った」とリアルの友達にバレるのが恥ずかしかったのだ。私はゴディバとヴィトンを間違えるようなブランドに疎《うと》い女だったのに、いきなりどうしちゃったの、となるのが恥ずかしかったのである。

3年ほど隠したあと、「それって物凄い無駄遣いなんじゃ……」と気が付いた私はそのバッグを使うようになった。同い年の友達はそのバッグを見て、「わー、可愛い！やっぱり私達くらいの年になったらいいものが欲しくなるよね」と笑ってくれた。確かに、これを買ったとき、異様に胸が高鳴った。「大人の素敵な女性」っぽい気がした。ドラクエでいえば気球とか空飛ぶじゅうたんを手に入れた気持ちだったと言えば通じるだろうか。経験値が上がってきて、それに見合った装備をしているような気がした。80歳になったら自分で縫《ぬ》った巾着《きんちゃく》を持っていても素敵な気がするのに不思議だ。

一方で、「年齢に合ったいいものを持っていないと恥ずかしい」という考えを押し付けられると、息苦しくもなる。私は、欲しいなあと思ったものについてインターネットで検索して、同じように買った人のブログなどを読んで楽しむのだが、そうすると、思いがけないページがヒットしてしまうことがある。

インターネットの質問サイト（Ｙａｈｏｏ！の知恵袋など）で、

「私は今30歳です。〇〇のバッグが可愛くて、欲しいと思っているのですけれど、この年齢で〇〇のバッグって、どう思いますか？」

自分とまさに同じ年齢だったりすると釘付けになるのだが、こんな答えがベストアンサーになっていたりする。

「30歳で〇〇のバッグ……苦笑。はっきりいってイタいです。その年齢でしたら、△△くらいのバッグじゃないと恥ずかしいと思います。やめたほうがいいですよ。」

「えっ⁉」と思って他の回答を見ると、

「うわー、それはないです（笑）。正直、中途半端で貧乏くさいなって思っちゃいます。」

などと示し合わせたように皆がやめろといっていたりして、

「なんかよくわからないけど……やめたほうがいいのか……？」

と悩んでしまったりする。自分でも情けない。

アクセサリーに関しても、

「その年齢でしたら、〇〇カラットくらいないと、はっきりいって貧乏くさいです。私だったらつけないほうがマシです……（笑）。」

「実年齢ですか？　だとしたら、予算が倍になっちゃいますが、××とかどうですか？　他の方も仰《おつしや》ってますが、その年齢でその大きさの石だと、貧弱に見えて後悔すると思いますよー。年相応のものを身に付けて、素敵な大人の女性になってください！」

などと書いてあり、「う……うるさいうるさい！」と耳をふさぎたくなるのだが、

「これが常識なのか……!?」

とわけがわからなくなってしまう。

でも、知恵袋の人の言うことを全部聞いていたら、自分の本来の趣味とはほど遠い、物凄いゴージャスな人にならなくてはいけなくなる。混乱してしまうのだ。

自分の好きなデザインのものを、値段やブランドなど関係なしに身に着ける。それが真の大人だと理屈ではわかっているのに、強い言葉で、

「その年齢だったら……」

と常識のように教えられてしまうと、気持ちがゆらゆらしてしまう。まだまだ子供だなあと思いながらも、純粋な物欲と知恵袋の人の圧迫感と鏡の中の「もう子供じゃない」自分がごっちゃになって、混乱しながら、自分なりの、自分の好きな「大人」の姿を精いっぱい模索している最中なのだ。

通販の誘惑

先日、「通販について編集さんと対談をする」という仕事があり、さんざんくだらない話をしたのだけれど、まだその余韻が残っていて、寝る前にいつもずっと通販のことを考えている。

人によって通販でよく買ってしまうものは違うと思う。私の場合は雑貨が圧倒的に多い気がする。

大体の流れはこうである。例えばだが、梅雨《つゆ》を前にして傘が欲しいなと思っていたとする。可愛い雨傘ってなかなか売ってないなー、手頃なのないかなー、と携帯電話で、「可愛い傘&大人」などとワードを入れて検索してみる。ネット上のお洒落なお店や、可愛い傘の画像をまとめたウェブサイトなどを見て回っているうちに、段々頭が沸騰《ふっとう》してきて、

「この6年前に限定発売された傘、どこかに残ってないのか……⁉」

などとヒートアップしてきてしまう。

「手作りなので予約から3ヶ月かかります！」

「予約はいつも1時間ほどでいっぱいになってしまいます、お気を付けください。次の予約開始は日曜日の朝7時からです」

という傘に結局たどりついて、「この戦い……負けられない‼」と、早朝からパソコンに張り付いて漸《ようや》く予約に成功し、ふと我に返ると、

「あれ、でも3ヶ月先って……じゃあ、結局この梅雨はどう越せばいいの……」

と気が付き、結局今年の梅雨をビニール傘で過ごしたりする。

馬鹿なのかな……と自分でも思うが、そういう風に気持ちが動くようにネットの買い物自体が仕組まれている気すらする。

今までは1日ショッピングモールをうろうろして、「うーん、これでいいか、安いしまあまあ可愛いし！」で済んでいたものが、ネットのせいでどんどんエスカレートして大変なことになっている気がする。

いくらでも情報があるし、「がんばらないと手に入らないけど、なんかちょっと欲しいもの」が用意されていたりして、それにまんまと引っかかってしまう自分が怖い。

「ほどほどで手を打つ」ことが難しすぎるのだ。

一方でこういうパターンもある。昼間にお店に行って、

「すみません、このワンピースのこのサイズってないですか?」

「あー、すみません、そちら大人気で、もう売り切れてしまってますねー」

「そうですかあ……」

と諦めて家に帰ってきたとき。昔は、「あー、あれかわいかったのになー」で終わっていたのに、今は違う。

夜中に、「……昼間のワンピースのサイズ違い、ネットでならまだ手に入るのでは……」という思いが湧き上がって、がばりと起き上がってパソコンを開き、検索してみると本当に見つかってしまったりする。しかも「△」マークがついていて在庫僅少であることを示していたりする。バーゲンでカッとなっている状態がずっと続いているようなもので、本当に恐ろしい世の中になってしまったと思う。

今までは、「最近、家から全然出てないからお金使ってないなー」ということが可能だったのに、「家にどんどん段ボールが届くな……お金も減っていく……」と、むしろ外のほうが安全だったりする。インターネットは、なんだかゲームをしているような感じで頭がカッとしてしまうのだ。外で買い物をしているときのほうが冷静に、「やめとこー」と思えるような気がする。

最近、「やばいな……このことは人に隠そう……」と思っているネットの買い物は、ヒヤシンス用のフラワーベースを色違いで5個買ってしまったことだ。

なぜかわからないが、どこでも売り切れている商品があるサイトではまだ売っていたという理由だけで、いろんな色を取り揃えてしまったのだ。

そんなに高いものではないしいいのかもしれないが、ずらりと並んだフラワーベースを見ると、「あああああ!」という気持ちになる。ヒヤシンスの水栽培をすることは夢だったのだが、お洒落デザインすぎていまいち水位を調節しづらかったのもあり、結局、「ヒヤシンスって……こうじゃないよね⁉」という、斬新な咲き方をさせてしまった。そのことも含め、悲しくてしょうがない。

子供のころは、「大人買い」をするのが夢だった。チョコレートを箱買いしたり、好きな漫画を全巻買ったりできるような大人になりたかった。けれど、いざなってみると、「こんな大人にだけはなりたくなかった」と反省してしまうのはなぜだろう。

もっと世界が不便だった子供のころ、電車を乗り継いで憧れのお店へ行って、手に取って自分の目で見て、悩みに悩んで買うということのほうがずっと豊かで素敵だったと、大人になって思い知らされる。あのころのような大人になりたい……と、しみじみ思いながら、今は、ゆるキャラの文房具を大人買いしたい欲望を必死に抑えてネットを見ないようにしている日々である。

おひとりさまの年末年始

この原稿を書いているのは2013年のクリスマス前で、このエッセイが載るのは1月後半だが、この年末年始を私はどう過ごしたのだろうか。20代のころから、私には、「クリスマスを誰かと過ごさないと！」という気持ちがあまりなかった。友達には何人かそういう子がいて、「寂しいから女友達だけでパーティーしよう！」と誘われてご飯を食べるとそれはそれで楽しかったが、ほとんどのクリスマスを働いて過ごしてきた。少しだけ浮き立った雰囲気のカフェでのんびり原稿を書くクリスマスはなかなか好きだ。

この年齢になると、「クリスマスは平日！」という友達が圧倒的に多い。私にとっても、クリスマスは、場所によってはお店が混んでるからちょっと注意するだけの、ただの平日だ。いつもガラガラのカフェが妙に混んでいたり、反対にいつも混んでいる喫茶店が妙に空いていたり。店員さんから「今日はクリスマスですから」とおまけのクッキーを渡されて、そうか、今日ってクリスマスイブかーと気が付くことすらある。

私の周りの独身女性は口をそろえて、「正月がつらい」という。

「実家に帰れるならいいけれど遠かったりしてそれもできないとき、一人で過ごす正月は本当につらい。それだけで結婚したくなりますよ」

と深刻な表情で言っている人もいた。

確かに、お正月の「特別感」は、クリスマスとはだいぶ違う。外で仕事をしようにもお店は閉まっているし、テレビをつけるといつもとまったく違う番組を延々とやっている。スーパーへ行ってもいつもは見かけない食べものが山積みになっていて、お気に入りの納豆がなかなか見当たらなかったりする。マイペースにいつも通りに過ごそうとしても、そうすることがなかなか困難なのだ。「あれ、今日ってクリスマスだったたっけ?」ということはあっても、お正月でそうなることは滅多にない。

私はといえば、正月というと、アルバイト先のコンビニエンスストアが頭に浮かんでくる。大学生のころから、365日営業のコンビニでバイトをしていることが多いので、何もない正月は特に休みをとらずにレジを打ったりしていることが多い。

いつも通り開いているコンビニでも、お正月だけは少し独特の空気感に包まれる。まず、店内放送が、何かおめでたい感じの音楽がずっと流れているし、場所にもよるが、オフィス街のお店などは驚くほど暇《ひま》だ。

常連のお客様の様子も、いつもと違う。お孫さんを連れていらっしゃったり、「いやー、店員さん、今日もお仕事？　大変だねえ」とにこにこ話しかけてくださったりする。時間がのんびりと流れていて、お客様にもいつもよりゆっくり接客ができるし、「今年もよろしくお願いします」とお声をかけることもできる。

オフィス街だと、いつもスーツをびしっと着てらっしゃるお客様が、ラフな服装で来店なさって、「お正月から仕事だよー」と笑って仰っていることもある。

「あ、これもらおうかな」

と、いつもは煙草《たばこ》だけなのに、ついでに甘い物や年賀状を買っていかれる姿を見ると、「ああ、お正月なのだなあ」としみじみ思う。

いつもとは違うのんびりとした空気の中で、いつもはできないところまで大掃除をしてぴかぴかになったお店の中で働いて過ごす。そんなお正月が、嫌いではなかった。

家で一人で過ごしたこともあるが、確かにかなり寂しかった。せっかくだから楽しもうと、お酒を買って少し豪華な食事にしてみたりしたのだが、一人で誕生会をやっているような、もの悲しさがあった。

けれど、非日常の時間の中だからこそ、きっと楽しみを見つけられると思っている。

一人で除夜の鐘をついたら意外と楽しいかもしれないし、近所の神社で出店の甘酒を飲んでのんびりすることだってできる。マンションの屋上から初日の出を見ることだってできるし、書き初《ぞ》めにチャレンジすることもできる。

いつもの「毎日」とは違う時間の流れ方の日。上手に楽しく、お正月を過ごす方法が、きっとあるはずなのだ。

一人で過ごすその時間を好きでいたい。それでももし侘《わび》しいな、と思ったら、侘しさを味わうイベントにしたい。寂しさを原動力にして起きる楽しみも大人にはたくさんあるからだ。どんな年末年始になるのか、「今の自分」の姿を見つめ直す時間になりそうだなと、ちょっと怖いけれど楽しみにしている。

痩せないカラダ

友達と、「身体が変わった」話をよくする。話題のトップは、「痩《や》せなくなったこと」だ。同世代の友達と会うといつもこの話をしている気がする。

中学生のころ、私は過激な食事制限や運動などをしては全然痩せなかったりリバウンドしたり、ということを繰り返していた。高校の時、友達と励まし合いながら、カロリー計算ダイエットを始めた。カロリーが記載された本を持ち歩き、1日のカロリーを計算しながら食事をした。この方法で、私は初めてダイエットに成功することができた。大人になってからも、外食などが続いて増えたときは調整し、そうするといつもするすると体重が元に戻った。

でも、今は痩せない。自分の体重を適度にコントロールする方法を覚えたと思っていたのに、同じ方法では体重が戻らなくなってしまった。身体が変化したのだと、強く感じる。同い年の友達も、口をそろえて、「体重が戻らなくなった」と言う。

自分の身体をコントロールできなくなったのは、自分が思っていたよりショックな出来事だった。

その問題はもう克服したと思っていたのだ。中学生のころ、ダイエットをしてもダイエットをしても痩せなかった。高校に入って、友達と一緒にダイエットをすることになった。本を読んで、毎日カロリーを計算して、というシンプルなダイエットだが、ちゃんと身体は応えてくれて、着々と数字は減っていった。そのことが、とてつもなく嬉しかった。

コンプレックスが克服できた気がした。痩せたことが嬉しいというだけではなく、自分のネガティブな感情をコントロールできたようで、それが嬉しかったのだ。

自分の身体が嫌いで嫌いでダイエットをしていたときは、とても苦しかったし、全然痩せなかった。友達と声をかけ合いながら、カロリーを計算して、ちゃんと数字が目標に近づいていくのを見て、少しずつ、自分の身体が好きになっていった。もちろん、別にスタイルがそんなによくなったわけではないのだが、自分の身体と仲良くなれた感じがしたのだ。

理性的なダイエットを覚えたことで自分の身体を許せるようになり、欠点も笑えるようになった。でも、このままではまた自分の肉体を嫌いになってしまいそうだ。それは嫌だった。太ってしまうこと自体より、中学のころのように、自分の身体を疎ましく思ったり、嫌ったり、ネガティブになるのはもう嫌だ。そう思って焦れば焦るほど、身体がいうことを聞かなくなっていく。

「このリズムで食事をこのカロリーに抑えていれば、1週間でこれくらい痩せる」と、自分の身体を知り尽くして方法を覚えているつもりだったのに、その方法では痩せなくなってしまう自分の身体。数年前、年配の女性が、

「女の年齢はね、身体の『厚み』に表れるのよ」

「厚み……ですか？」

「そう。前後の厚み。年をとるとわかるわよー」

そして今、私はお腹と背中をさすりながら、自分の「厚み」に溜息をついている。

必ずしも、太っているから自分の身体を悲しく思うとは限らない。大学生のころ、50歳くらい年上の女性から、「頬《ほお》がふっくらしていていいわね」と言われたことがある。「おばあちゃんになると、頬がこけちゃうのよ。本当にそれが嫌で嫌で」。その女性はとてもすらりと綺麗なスタイルだったが、憂鬱そうに言った。とても綺麗なのに不思議だなと思ったが、最近、友達も「お腹には肉がつくのに、顔がげっそりしていく……」と愚痴っていたので、膨《ふく》らんだほっぺたも、年齢によって失われていくものの一つなのか

もしれない。幾つになっても、女性は鏡の中の自分に溜息をつく。

これから私の身体はどうなっていくのだろう、と思う。きっともっとコントロールできなくなっていくんだろうな、ということはわかる。でも、どんな身体になっても、欠点も含めて自分の身体を好きでいたいし、鏡を見ても笑いたい。そのためにどうすればいいのか、と切実に思いながら、まったく減らない体重計を見つめている。

「なんか違う」のこと

近所のワインバルで、1コ下の女性と飲んだ。彼女は結婚を望んでいて、合コンを頻《ひん》繁《ぱん》に開き、婚活をしているような状態だ。そんな彼女には最近紹介された男の人がいるのだという。見た目も良く、性格も温和そうで、欠点は特に見当たらない。なのに、「なんか違う」のだという。

この「なんか違う」に、いつも私達は振り回される。言う立場でも言われる立場でも、残酷で切実な言葉だ。言われる立場からは傲慢《ごうまん》に見えるかもしれない。たとえば「生理的に受け付けない」という言葉の中にあるような、相手を見下した残虐さがあると思う人もいるだろう。でも、私の周りで「なんか違う」と発している人の多くは、それほど傲慢ではない。むしろ、自分自身が、その言葉に苦しめられている。そんな言葉を本当は言いたくないのに、違和感を示す言葉がそれしかないのだ。「なんか違う」なんて言える立場ではないのに、と彼女は暗い表情で言う。

「私、選べる立場じゃないってわかってるんですよ。だからこんな条件のいい人が現れてくれて、むしろ土下座してよろしくお願いしますって言わなきゃいけないってわかってるんです。でも、どうしても、『なんか違う』んです……。この『なんか違う』って何なんでしょう」

そう訊ねられ、私は返答に詰まってしまった。20代のころ、私は同じ質問に、「普通に、それは恋じゃないから気が進まないいんじゃない?」と答えていた。今、同じ言葉を言えないのは、彼女の欲しいものが「恋」だと断言できないからだ。

「恋がしたい女性」が欲しいものはなんとなくわかる気がするのだけれど、「結婚がしたい女性」の欲しいものは、複雑怪奇で難しい。私が口出しできることでもないような気すらする。

結婚だ結婚だ、相手は誰でもいい、と言っていても、結局深層心理では「恋した人と結婚したい」と思っている場合もある。恋愛の延長線上で結婚したい、と心の奥底で思っている人は、いくら素敵で年齢も何もかもぴったりな相手を前にしても、「なんか違う」と立ち止まってしまうだろう。

「孤独でなくなりたい。心から信頼できるパートナーが欲しい」

と思っている人は、恋愛相手としては魅力的だけれど人間的に信頼できない人からアプローチされても、「なんか違う」と思うだろう。いくらセックスをしても、恋をしても、人間と人間として信頼関係を築《きず》けることがなければ、満たされることはないのだろう。

「子供が欲しい、だから私と一緒に子供のお父さんとお母さんになってくれる人が欲しい」

「誰からも『選ばれない女』でいることが辛《つら》すぎる。自分の存在価値を感じさせてくれる人が欲しい。そういう人と結婚したい」

「誰かと会話したい。孤独に耐えられない。だから、話していて楽しくて、毎日いろいろなことをお互いに報告できる人が欲しい」

「とにかく、親を安心させたい。親に会わせても大丈夫な人がいい」

なんで「結婚」したい？　という話になったとき、それぞれが、祈るような、時には悲鳴のような口ぶりで告げる理由は、それぞれ異なる。いろいろな理由があって、ごっちゃになっている。

「親を安心させたいし、会社で肩身が狭いのからも解放されたいし……あれ……でもよく考えたら本当は私自身は結婚したいのかな……」

と、飲みながら話しているうちにわからなくなってしまう友達も多い。そういう人は、それこそ、目の前に「明日結婚できます！　すぐに式場を予約に行きましょう！」という人が現れても、「なんか違う」以外の感情は湧いてこないだろう。

「安心感」だったり、「価値観の一致」だったり、結婚願望と恋愛願望はぐちゃぐちゃになっていて、「恋」だけをただ求めていた時とは事情がまったく違うように見えるのだ。

「キスができない人とは結婚できない。選べる立場でなんかないのに、そんな自分が嫌だ」

と言っている人がいた。一方で、

「あんなに激しい恋をしたのに、3年ももたずに夫ともうキスができなくなった。もう家族だからなんか笑っちゃうし、したくない。お互い様だからもうぜんぜんしてない」

と言う友達もいる。でも、だからといって前者の人に、「3年我慢すればどうでもよくなるらしいから、結婚しちゃえば？」とは言えない。彼女の、「キスができるかできないか」の判断なんて、数年で変化してしまうものかもしれない。でも譲《ゆず》れないのだと思う。そして、譲らなくていいのだと思う。

「なんか違う」の「なんか」は、自分が心の中で一番欲しいもののことなのだと思う。その「何か」の中に、自分の人生の真実があるのだと思う。だからそれを抑え込んだまま結婚したら、一番大切なものを失ったまま生きていかなくてはいけなくなるのかもしれない。

そこにあるものがいくら少女趣味でも、傲慢な欲望でも、譲れないなら譲る必要はないと私は思う。譲れないということに、そんなに苦しまないで欲しいと思う。それを見失うことのほうがずっと苦しい未来かもしれないからだ。

冒頭の彼女の「なんか違う」が何なのか、私にはわからない。それは一生悩みながら見つけていくことなのかもしれない。それを誤魔化《ごまか》したまま進んだら、人生にそれが何だったのか、思い知らされながら老いていくことになるのかもしれない。

そんな風に思ったが、その「なんか違う」が結局、一時の感情で、結婚したらすっかり満たされてしまうということだって十分ありえるのだ。

だから私は、どうしても、その「なんか違う」という言葉についてうまく伝えられず、ひたすらワインを飲む夜だった。

まだまだ子供の「一人でバー」

ごくたまに、一人でバーに行くことがある。というと、なんだか大人という感じだが、実際はそうでもない。ほんとうにたまになので、常連の店があるというわけではない。バーテンダーさんに顔を覚えてもらっている店なら、「あ、この間はどうも」という感じになれると思うのだが、1回しか行ったことがない店に1年ぶりに行ってたり、初めての店にいきなり行ったりなので、基本的に「あ、はじめまして……」という雰囲気だ。常連さんばかりのお店だと、やってしまったー、とちょっと思う。

初めて一人でバーに行ったときは、少しテンションが上がっておかしくなっていた。夜中の2時まで外で原稿を執筆していて、急に、「飲んで帰ろう!!」と思ったのだ。

それまでは、一人で飲みたくなったらカフェに入って何杯か飲むのがせいぜいだった。なのに、「バーに行こう!!」と思ったのだ。理由はわからないが、今まで行ったことのない場所に行きたくなったのだ。

そこから、私はトイレでフルメイクをし、道端に設置されていたコインロッカーに原稿の入った巨大なサブバッグを入れて、「バー」に行くために身なりを整えた。

そしてどのバーがいいかしばらく街を徘徊《はいかい》し、お店の名前の看板が出ていない、「BAR」と書かれた小さなランプだけが光る店があるのに気が付いた。

窓はガッチリと目張りされていて、中の様子は一切わからない。でも、BARと書いてあるんだからBARなのだろう。失敗したら1杯で出てこよう！　と私は、ドアの前でしばらく躊躇《ちゅうちょ》したあげく、思い切って中に入った。

中はとても素敵なお店で、客も数人いた。少しほっとして、バーテンダーさんに案内されるままにカウンターに座った。

「何になさいますか？」

「……なにか果物っぽいものをお願いします」

カクテルの名前がわからないので、漠然としたオーダーをした。編集さんとたまにバーに行ったことはあって、ミキサーでフレッシュフルーツを使ったカクテルなどを作ってくれるお店だったので、それが頭の中にあったのだろう。

「果物っぽいもの……」

バーテンダーさんは「グレープフルーツを使ってお作りして大丈夫ですか？」と聞い

てくださり、私は「はい」と大きく頷いた。

奥には一人女性がいて、常連さんらしく、バーテンダーさんと親しげに話していた。横では、やはり常連さんらしい一人客の男性が、葉巻を吸っていた。

「弱めにお作りしますね」

私の注文の仕方から、かなりお酒に弱いと思って気遣ってくださったらしく、バーテンダーさんは弱めのカクテルを作って私に差し出してくれた。

そこから先は、無言の世界だった。私はやることがないので、カウンターの中にある備品を一つ一つ眺めていた。

限界が来て、「ちょっと、メールが入っちゃったんで……」という表情（誰も見ていない）で携帯電話を取り出し、友人にメールをした。

『夜分にすまん。今、なぜか一人でバーに来てしまった。猛烈に気まずい雰囲気が漂《ただよ》っている。限界が訪れている』

友人からはすぐに返信があり、

『どうした⁉　何やってんの⁉　大丈夫⁉　がんばれ！　それを飲んだらすぐにさりげなく脱出するんだ！』

と応援（？）してくれた。

私があまりに手持ち無沙汰《ぶさた》な様子で、心細そうにしているので、バーテンダーさんが気遣ってくれて、

「お仕事帰りですか？」

と声をかけてくれた。隣の男性も気遣ってくれて、

「ここはシガーバーなんですよ」

と教えてくれた。

「シガーバー……」

「葉巻いろいろ揃えているんですが……たぶん、お吸いにならないですよね」

「はい、ごめんなさい」

「あの、見るだけ見てみますか？　ほら、こんな感じで……」

バーテンダーさんが気遣って私に葉巻をいろいろ見せてくれて、横の常連さんも、

「私は自分で巻くんですよ。ほら、こうやってね……」と吸って見せてくれた。

なんだかんだと皆が気遣って話しかけてくれ、それから2時間ほど居座ってしまった。

（迷惑だったのではないかと、今では反省している）「じゃあ、そろそろ……」と立ち上がると、ほっと、店内の空気が緩んだ。

バーテンダーさんがドアまで見送りに来てくれて、

「また来てくださいね。でも、よくいらしてくださいましたね。お店の名前、出てなかったでしょう？」

「はい、でも、『ＢＡＲ』って書いてあったので、えいっと思ってドアをあけました」

「正直、ちょっとびっくりしました」

バーテンダーさんは本当に正直な表情でそう告げてくれた。でも、皆が優しくて、お酒も美味しくて、とても楽しかったのを覚えている。

その新鮮な体験に味をしめた私は、懲《こ》りずに、たまに一人でバーに行くようになった。カクテルの名前は「ジントニック」くらいしか覚えていない。なので１杯目はどこでも強制的にジントニックしか飲めないのだが、２杯目からは、

「ロングカクテルで、ちょっと果物っぽいものを……」

と、また曖昧《あいまい》な注文をしている。（「ロングカクテル」という言葉が場馴《ばな》れしている響きだと感じている）

いつもはそれでいいのだが、先日行ったバーは、皆が難しいカクテルの名前をバンバン言って注文しているので気後れして、携帯電話を持ってトイレに行き、「カクテル名前」でグーグルで検索して、トイレから戻ってそしらぬ顔で注文した。

一人で飲んでいると何となく手持ち無沙汰で、バーテンダーさんが物凄く手間をかけ

てシェイカーやらミキサーやら包丁やらを使って作ってくれたカクテルを10分くらいで飲んでしまったりして、「あの……」ともう一杯頼む羽目になる。

未だに私はよっぽど心細い顔で飲んでいるのか、真顔でカウンターの中のウイスキーのラベルのデザインについて考えていると、大体バーテンダーさんが気を遣って話しかけてくれたりする。常連さんが優しく話してくれることもある。なんだか、いろんな人に気を遣われながら飲んでるなあ、という状態になってしまう。

それはそれでいろんな人と話せて楽しいからいいのだが、なんだか申し訳ない。試行錯誤して気が付いたのだが、私は「ノートに意味不明のことを書きながら飲む」のが好きなようだ。あまり暗いバーだと無理だが、ランプなどである程度の明るさがある店だと、たまにそうするようになった。将来猫を飼ったらつけたい名前とか、夢でよく行くデパートのフロアガイドとか、もし自分が「ゴレンジャー」の脚本を書くことになったら、レッドはどんな性格にして、他の色の人たちはどんな色でどんな人にするかとか……本当に死ぬほどくだらないことを書きながら飲んでいる。隣の人が読んだら仰天するだろう。

文字だけでなく絵もたくさん描くので、バーテンダーの人に怪しく思われないか不安だ。何かを不安に思いながら試行錯誤するのは、子供っぽくて、でも面白い。私はバーで、自分を子供だなあ、と思いながら飲んでいる。我ながら大人だな、と思うにはまだ時間がかかりそうだ。

ほろ酔いコンビニショッピング

酔っぱらって一人で家に帰る途中、コンビニに寄ってしまうことはないだろうか。私はある。タクシーで帰らない限り、ほとんど必ずコンビニへ寄る。ほろ酔いで行く夜のコンビニ。そこは欲望が解放される場所だ。いつも抑圧している自分に出会うことができる解放区でもある。私がよく買うものの一つはアイスクリームだ。とにかく店の中で一番値段とカロリーが高そうなアイスを買う。いつも我慢している反動なのだろう。

アイスクリームなど可愛いもので、もっと変なものを買ってしまうことがある。例えば普段は自意識が邪魔して絶対に買わないような本。『愛され女子のお仕事マナー術』だとか、『人見知りは直せる！　100のルール』だとかいうタイトルの本が入ったコンビニの袋が枕元にあるのを見ると、「私は愛されたいのか……」「人見知りを直したいのか……」と、潜在的な願望を丸裸にされたような絶望的に恥ずかしい気持ちになる。

グッズ類も危険だ。気が付くと、大して好きでもないファンシーなキャラクターの

®「一番くじ」を何回も引いていたり、大人ぶって読んでないふりをしている漫画のおまけがついたペットボトルをまとめ買いしたりしている。すべて、自意識が邪魔をしている昼間には絶対に買わないものばかりだ。

こうして酔っぱらって買ったものを改めて並べてみてしみじみ私は何て自意識過剰なのだろうと思う。自分も経験者なのでわかるが、コンビニ店員はお客が人見知りを直す本を買おうがハゲが治る本を買おうがどうでもいいのだ。一番くじを引いてくれるお客様に「こんなファンシーなの似合ってないですよ」などと余計なことを思うことなどないし、大人が玩具《おもちゃ》のついたお菓子や飲み物をまとめ買いすることなんて日常である。そもそも忙しいのでそこまで気にしていない。

なのに、いざ自分が客になると買えない。どれだけ自意識過剰なのだろう、と嫌になる。でも酒を飲まずに真昼間から『人見知りは直せる！』という本を買えるようになるには、まだまだ30年くらい時間がかかりそうだ。厄介《やっかい》だなあと思いつつ、今は家の中でごそごそと、それらの恥ずかしい本やグッズの隠し場所を探している。

40年後の理想の自分

大学生のころから、「こんなおばあさんになりたい」と何となく思っている理想像がある。

主にファッションについてなのだが、やってみたいことが具体的にいろいろある。

まずは、髪の毛。一度でいいから、髪の毛を真っ白にしてみたいのだ。

まるで絵に描いたおばあちゃん像のように、真っ白な髪の毛を丸いお団子にしてみたい。そして、そこには赤いかんざしを挿《さ》すと決めているのだ。

「サザエさん」に出てくるようなレトロなおばあさん像だが、実際にやっている人は意外と見かけない。特に、髪を、一本の黒髪も残さずに真っ白にしている人はあまりいない気がする。

似合うか似合わないか賭《か》けだとは思うのだが、一度はやってみたい憧れの髪形である。

それから、ピアス。私は今、ピアスの穴をあけていないのだが、80歳くらいになったころにあけてみようかなと思っている。

そして、かんざしと合わせて真っ赤なピアスを付けるのだ。丸くて小さなピアス。でも、きっと白髪にはよく映《は》えるだろう。

服装は、もちろん着物に憧れるのだが、真っ黒で形の綺麗なワンピースなども素敵だと思う。私は今は黒はあまり似合わなくて、紺色の服のほうが多く持っているが、髪の毛を真っ白にしたら、きっともっと黒が似合うようになると思う。

母がよくアガサ・クリスティー原作の海外ドラマを観ているのだが、そこに出てくるクラシカルな服装をしたおばあさんたちは本当に素敵だ。年齢を重ねたら、帽子をかぶってロングコートを着て、こんな素敵な服装にもチャレンジしてみたいと思う。

化粧はできればナチュラルメイクで、変に若作りせずにいたい。皺やしみがまるでチャームポイントのように、ちゃんと自然に顔に染《し》み込んでいるようになりたい。生き方が顔に表れると思うので、40年後の鏡の中にどんな顔の自分がいるのか、怖くもあり、楽しみでもある。

そのころ、私は恋をしているのだろうか、と考えたりもする。ほんのりと想う人がいたらうれしい。伴侶《はんりょ》に恋し続けるおばあちゃんも素敵だし、独身だとしたらますます恋は自由だ。好きな人に会うために、香水を選んだりアクセサリーに悩んだりしていたい。

恋に対して、無邪気でいたい。自分が抱く感情に対して、私なんておばあちゃんだからとかネガティブなことを考えずに、無垢《むく》に恋ができたらどんなにいいだろう。

小説はもちろん書いているつもりだが、趣味として、絵も描けていたら素敵だ。私は高校のころ美術部だったので、油絵の道具が一式ある。いつか、時間ができたら描きたいと思って、つい置き去りにしている。

80を超えたころには、再びその道具で絵を描いていたらいいなと思う。そのころの私は、どんな絵を描くのだろうか。風景画なのか、抽象画なのか、想像もつかないが、高校生のころとはきっと全く違う絵を描いているのだろう。

まだまだ、ここには書ききれないほど、私には「理想のおばあちゃん像」がある。20歳くらいのころからなんとなく、私の中には映像になってそれがあり、歳を重ねるごとに鮮明になっていく。

今までの人生ではっとするほど素敵な人生の先輩の姿を度々《たびたび》見つけてきた。だからこそ、今はひりひりしながらもどこかで歳をとることに前向きでいられる。100歳を超えたとき、私の身体は、心は、どうなっているのだろうか。案外、まだ思春期のような変化の中にいるのかもしれない、と去年より鮮やかに皺ができた額《ひたい》を撫《な》でながら考えている。

「活」の怖さとひりつく痛み

私は最近、「活」という字について考えることがある。

婚活に、妊活に、離活に美活……。「活」の付く言葉は、怖い。すっごく頑張らなくてはいけないような気持ちにさせられる。特に「女」であることの周辺にある「活」は本当に怖い。「女であることをちゃんと頑張れ、任務を果たせ」「女をさぼるな、さもないと不幸になるぞ」と脅《おど》されている気持ちになる。「活動しよう！」という前向きな心境には程遠い、薄暗い気持ちになって、「何もかも忘れて、甘いものを食べて化粧したまま眠ろう」みたいな気持ちになる。

中学生の頃から、私は女の子でいることを凄く頑張るようになった。ファッションにダイエットに、可愛い文字の書き方まで。そこには楽しさと苦しみが同居していた。大人になるに従って、「自分なりの『女』の楽しみ方」を手に入れていった。それは本当に時間がかかる作業だった。試行錯誤しながら少しずつ自分を取り戻していくような感覚があった。それなのに、今、改めて「『女』をさぼるな！」と突きつけて来られるとびくっとして、思春期に引きずり戻されるような痛みを感じる。

今こそ頑張らなくてはいけない、と皆が言う。タイムリミットだと言いながら、婚活や妊活をする。その「タイムリミット」という言葉も、しんどい。しんどくても現実なんだから仕方ない（結婚はともかく、妊娠に関しては身体にタイムリミットがあるので）とわかっていても苦しい。女であること自体を登校拒否したくなる。

私は本来、女でいることがそんなに嫌いではない。大人になって手に入れた、自分らしい「女」の形を、居心地良く思っていた。このまま自分らしく「女」を謳歌《おうか》していけるのだと信じ切っていた。でもこんなに簡単に、世界からの圧迫に揺さぶられてしまうのだ。そのことも悲しかった。

その言葉に励まされている人もたくさんいると思うのだが、少なくとも私は「活」という言葉を避けながら、こっそり女を楽しんでいこうと思う。そうしないと、女であることをガリ勉しながら憎む、あのころの精神状態になりそうなのだ。それがとても怖い。もう二度と、あのひりひりした痛みの渦に呑み込まれたくはないのだ。

大人の親孝行

友達と何時間も飲んでいると、ふっと話題に上るのが「親孝行」だ。酒が廻ると不意にそんな話になる。私たちの胸のどこかに、いつもちくりと引っかかっているのかもしれない。

子供のころは、親孝行というと肩たたきとかお手伝いとか、そんなささやかで可愛らしいことだった。大人になってから親孝行をしようとすると、妙に肩に力が入る。大人として恥ずかしくない恩返しをしなければいけない……という仰々《ぎょうぎょう》しい気持ちになる。

で、それは一体具体的には何をすればいいのか？　と結論の出ない話を友達と延々とするわけだが、結局、「金」か「産む」か、どちらかしか思い付かずに頭を抱えてしまうことが多い。

旅行とか、ホテルのディナーとか、高価なプレゼントとかはわりとメジャーな親孝行で、喜んでもらえたよ、という話もよく聞く。でもある女の子は言う。「本当は『産む』のが一番の親孝行なんだよね……でもできないから……私にはお金でせめてもの罪滅ぼしをすることしかできないから……」と。そんなに深刻な表情でそう言われると本当にそんな気がして、みぞおちに一発入れられたような気持ちになる。孫の顔を見せてあげられなかった罪滅ぼしを、私たちは金でしているのか……それが親孝行なのか……。

親孝行の発作というのは突然訪れて、私ですら夜中に「なんか……よくわかんないけど産んだほうがいいんじゃないのか……⁉」となってしまうことがある。結婚している子はなおさらそうだ。

実際に親から「本当は孫の顔が見たかったんだけどね……」とぽつりと言われて気絶している人もいる。でも、自分の選択した人生を生きているだけなのに、「親孝行」が「罪滅ぼし」になってしまうのは、やっぱり悲しすぎる。

とはいえ、じゃあどうすればいいのかというとわからない。とりあえず、親孝行の話を深くしすぎると、ちょっと異様なほど深刻な話になってしまうことが多いので、みぞおちに一発入れられたくらいの痛みのうちに、話を切り上げてしまうのが精神衛生上好ましいのかもしれない。大人になっても、自分の「急所」みたいなものがそこにある……ような気がする。

「ヨイショ」と化粧品カウンター

デパートにある化粧品売り場のカウンターが昔からあまり得意ではない。カウンターの中にいる美容部員のお姉さんたちはすごく美意識が高くて、お客さんにも美意識の高さを要求してきそうに見える。仕事だから当たり前だが、美容部員のお姉さんが、

「いやー、実はよく化粧したまま寝ちゃうんですよー」

などと言っているのを見たことがない。冗談めかして、

「今日、実は日焼け止め塗り忘れちゃって……」

と言おうものなら、血相を変えたお姉さんに、

「お客様！　駄目ですよ、そんなことしたら夏の終わりには肌の深層の細胞が……！」

と本気で怒られてしまう。ついつい手抜きしがちな私は、お姉さんにそれがバレたら大変なことになる、とガチガチ緊張してしまう。

彼女たちの美意識の高さは、時に人を傷つける言葉になって飛んでくる。マスカラを

買いに来ただけなのに、「そんなに乾燥肌なのに、オイルクレンジングを使ってらっしゃるんですか!?」とか、「皺ができるので、そのような表情はあんまりしないほうがいいですよ!」とか、「美」に対する本気の思いを込めた言葉で、なんだかとにかくよく叱られる。私はいつも叱られているから、カウンターが苦手なのかもしれない。

なのでデパートではなく、もっと気安く行ける雰囲気の、小さな化粧品店のカウンターへ通っている。どことなくアットホームな雰囲気で、小さい店だが肌の水分油分を計ってくれて、だからといって乾燥していても怒られることもなく「今日は空気が乾燥してますからね!」とざっくりフォローしてくれるし、前回より数値がいいと「アップしてますね!」と褒《ほ》めてくれる。褒め上手の家庭教師のような感じだ。褒められるとうれしいので、「いや、私の力じゃないですよ、こちらで買わせていただいたこの化粧品のおかげで……」と褒め返しを行ったりしている。

というわけで、デパートのように怖くないし(今日、日傘忘れちゃいましたーと言っても「いやー、めんどくさいですよね。わかりますー」と軽口をたたいてくれるくらいの雰囲気)、いつも快適に買い物をしているのだが、そこでどうしてもやってしまうことがある。

「ヨイショ」である。

なぜかわからないが、私は店員さんの薦《すす》めてくれる化粧品について、

「あの人、サクラなんじゃない……？」

と他のお客さんに思われそうなほどヨイショしてしまうのだ。

「こちら、新商品のクリームです。ちょっと左手をお借りできますか？」

と左手の甲にクリームをぬりぬりされて、

「どうですか？　右手と比べてみてください」

などと言われると、

「わあああ！　すっごいしっとり感！　見た目も美白されてますね！　凄い効果！　わああ、つるつる!!　いい匂いもする!!」

と絶賛してしまうのである。

たまに先走り過ぎて、

「うわあ、すごい！　乾燥が一瞬にして治ってしまった！　なんてすばらしい保湿力!!」

と、店員さんの説明の前にリアクションしてしまい、店員さんにばつがわるそうに、

「あの……こちらは、角栓の汚れを除去するクリームで……」

と説明されて気まずい空気になってしまったりする。

この、謎のサービス精神は何なのだろう。いつもオーバーリアクションなので、店員さんにも、「あいついつも適当なこと言いやがって……」とバレている気もするのだが、やめられない。

店員さんが、「そうなんです！　私もこれ使ってて、すっごく効《き》くんですよー！」とうれしそうにしてくれると、やり遂げた気持ちになる。

何でこんなに気を遣ってしまうのだろう。けれど、「この前お渡ししたサンプルいかがでした？」などと言われると、使ってもいないのに、「もうすっごく良かったです。朝になったら肌がモチモチで……！」とヨイショして、店員さんの笑顔をなんとか見ようとする日々なのである。

謙遜をサボる人

大人になるといろんなことを手抜きするようになる（と思う）。脱毛やダイエットや化粧など、「女の手抜き」にはいろいろあると思うが、最近一番気になる手抜きは、「謙《けん》遜《そん》の手抜き」だ。

例えば化粧品売り場のカウンターで年齢の話になり、「えー、全然見えないですよー！　でもこの美容液を使えば云々《うんぬん》」と、わかりやすいお世辞＋セールストークをされたとき。昔の私なら、「いえいえいえいえいえいえ、全然まったくそんなことないですよ、皺だらけだし、ほら見てくださいここのシミ。乾燥肌だし本当にろくでもないですよ」くらいの勢いでその場の空気が悪くなるほどネガティブに謙遜していた。基本、自分に自信がないので、お世辞とわかっていても物凄く必死に否定していた。場の空気を悪くしないで自分を下げられるよう、面白おかしく謙遜できるように努力して盛大にすべったこともあった。とにかく、私はいつも謙遜をがんばっていた。

でもいつからか、私は謙遜をサボるようになった。明らかに気を遣ってお世辞を言ってくれているのに、「そんなことないですよー！」と言わずに、遠くを見てぼんやりしたり、「へあいー」と気の抜けた相槌《あいづち》を打ちながら、（紅茶にもう一杯砂糖入れようかな……）と全然違うことを考えていたり、半笑いするだけでそのまま話を進めてしまったりしている。思えば、「〇〇ちゃんの髪形、可愛いねー！」「そんなことないよー！　△△ちゃんの編み込みのほうが可愛いよー！」という女性特有の様式美（？）のような会話も、もう何年もしていない。

昔は、ちょっとでも褒められると、かーっと全身が熱くなり、とにかく申し訳なかった。「人が褒めてるのに全力で否定するのって失礼だよ」と友達に叱られたこともある。でも、治らなかった。自分のこれは不治《ふじ》の病だと思っていた。でも今は、明らかに否定する流れなのに「ははは！」で終わらせて、なんだかお世辞を真に受けている人みたいになってしまっている。

どっちがいいのかわからないが、自尊心の苦しみから解放されたわけではない。夜になって会話を思い出して、「あああ、今日もあの時、謙遜をサボってしまったあああ」と寝つけずに苦しんでいるのだ。

なので、もし明らかなお世辞に対して私が謙遜をサボっていても、どうか見逃して欲しい。夜中に起きる羞恥の発作を見ると、どうも自意識過剰が治ったわけではなく、単にサボっているだけなのだ……。

同窓会より怖いこと

同窓会が怖い、と皆が言う。

私の周りには、怖いから誘われても行かない、という人が多い。結婚していないと肩身が狭いとか、子供を産んでいないと居心地が悪いとかいう話もよく聞く。私はといえば、楽しい同窓会も、怖い同窓会も行ったことがあるので、何とも言えない。例えば高校の友達は大好きなので、会えるだけで時が戻ったようで嬉しい。話したいことが沢山あるし、幸福を祝福したいと思う。いくら話しても時間が足りない、嬉しい再会の時間だ。

一方で、ちょっと怖い同窓会というのもやっぱりある。クラスメイトのことをあんまり覚えていない……というような同窓会では、記号的な会話しかできなくなる。結婚してる？　仕事何してる？　子供はできた？　どこに住んでる？　などの会話だ。同じ会話でも、大好きで懐かしい友達に向けられたものなら、どんな返事でも、友人の「今」

を知ることができて楽しいはずだ。でも親しくない相手に繰り出されるこれらの質問は、ただ、相手を分類するための手段でしかない。答えれば答えるほど、自分がどんどん記号化されていくような、人間ではなくなっていくような気持ちになる。毎日いろんなことを感じ、考え、体験して生きている。そのことを無視され、「へえ、そうなんだ」と、ただ分類だけされて終わっていく会話。とても悲しい気持ちになるし、自分という存在を否定されている感じがする。

生き方が違うことに疎外感を感じる、という感覚は、私自身にはあんまりない。違う生き方を選択しても仲良く話せる友達が沢山いるからだ。それぞれの場所で喜んだり闘ったり苦しんだりしながら、たまに会ったときに同じ価値観の言葉で励まし合うことができる。そういう大切な言葉を交わすことを拒否されると私は孤独になってしまう。その感覚を繰り返し味わう場所が「同窓会」だとしたら、それは確かに苦しい場所だろう。

でも、そういう人とは、たとえ同じように結婚して子供を産んでいたとしても、私が「会話」だと思っているような言葉を交わすことはできないと思う。そういう人が悪いわけではないが、価値観が合わないのだ。本当に怖いのは、同窓会ではなくて、その合わない価値観に引きずり込まれそうになること……であるような気がする。

ちゃんとおばさんする

社会に接点がないと仕事をさぼってしまう等の様々な恥ずかしい理由があり、私はアルバイトをしている。バイト先では10代の子と働くこともある。そう話すと、同世代の友達が興味深そうに言う。「10代の子なんて、もう何年も口きいてないよ。どんな話するの？　会話、成立するの？」。何も考えずに会話をしているので特に年の差を感じない、と言うと驚かれたり、時には叱られたりする。「何それ。自分のこと、彼らのお姉さんレベルって思ってるってこと？　向こうから見たらこっちは完全なおばさんだよ！もっとちゃんとおばさんしなよ！」

この、「ちゃんとおばさんする」というのが、私にはどうしても上手くできない。「現実見なよ！　自分がおばさんだって自覚しなよ！」と言われるが、別に私は自分が若いと思っているわけではない。ごく普通の三十路だと思っている。例えば、16歳の子と働きながら、この子を産んでてもおかしくないんだなーと思うし、有線で流れてきた広瀬香美を、「これ聞いてテンション上がる気持ちはわかってもらえないよなー」と思う。でも本当にそれくらいなのだ。

皆簡単に言うが、「ちゃんとおばさんする」のは凄く難しい。まず、「えー、自転車通勤!? 私は○○くんと違っておばさんだから無理だわあ」という台詞《せりふ》を、感じよく相手に気を遣わせずに言うことが、果たして三十路女性の何%にできるだろうか。私が10代だった頃、年上の女性からそんな風に言われると、「そんなことないですよ！」と言ってても嫌味だし、「そうですね！」と言うわけにはいかないし……と悩み、自分で「おばさん」って言ってくる人って、正直どう扱っていいのかわからんと思っていた。だったらどれだけ無理があろうと、「きれいなおねえさんは、好きですか？」みたいな態度でいてくれたほうが、ずっと扱いやすかった。

同世代でも上手に「おばさん」ができる子がいるが、思えばその子は学生の頃から、後輩に対して感じよく面白く「おばさん」ができていた。おばさんの才能が当時からあったのだ。私のようにコミュ力もないような人がやると、大惨事になる。

そう思うから気を遣わせないように年齢を気にせず同じ目線で喋っているのだが、なかなかわかってもらえずにいる。

後ろ向き恋バナ

「どういう人がタイプなの？」という質問って、昔はもっと、きらきらした恋バナへと盛り上がっていたような気がする。

最近お酒の席でいろいろな人と、

「それで、結局○○さんはどういう人がタイプなの？」

という話になるのだが、なぜか暗い展開や超展開になることが多い。

そういう私も、この前、

「村田さんはどういう人がタイプなの？」と聞かれ、「壁を殴《なぐ》らなくて、束縛《そくばく》が異常ではなくて、朝、白いエプロンを着て見送ることを強制したりしてこない人かな？」

ざっくり説明したところ、場の空気が凍った。

別件でやはり同世代の女性で集まって「好みのタイプ」の話をしたとき、「ペットのハムスターを殺そうとしない人」とか、「マルチ商法にハマっていない人」とか、タイプというより過去のトラウマ暴露《ばくろ》大会のようになってしまった。

こういう風に、「〜〜しない人」「〜〜じゃない人」というパターンは良くない……と思っていたところ、違うパターンで場を暗くする人と飲む機会があった。「自分にはタイプとか、そういうのを言う資格がない」というパターンである。「……もう私、タイプとか条件とか、そういうおこがましいこと言える立場じゃないんで……」と言われてしまえばそれ以上追及することはできずに会話は終了し、しばらく二人で黙って酒を飲んだ。

なぜ、私たちは暗くなってしまうのか。自虐《じぎゃく》から話が盛り上がることもあるが……そういう問題ではない気がする。好みのタイプの話をするときくらい、過去や現実は忘れて前向きになりたい。私にも、実際にはタイプというものがある。でもなんとなくそれを素直に口にするのが気恥ずかしい。タイプを語っているというより妄想を語ってる感じになってしまいそうで、ブレーキをかけて、かけすぎて変な感じになってしまう。

ちょっと前、友達が「パンツの裾《すそ》をロールアップしてる人がいい」と言ったことがあった。やけに具体的で新鮮だったので、私まで足元を見てロールアップしている人を見るとドキドキしてしまった。ばかみたいだが、そっちのほうが楽しい気がする。

自意識に囚《とら》われて恥ずかしがらずに、好きなタイプの人を見かけたら、素直にドキドキしたりでれでれしたりしたい……というか、しろ！　と自分に叱咤《しった》激励《げきれい》する今日この頃である。

メリットがない女

お酒の席で、こんなぐさりとくることを言う男の子がいた。

「でさ、結局、村田さんたちと結婚したとしてさ、男側のメリットって何かあるわけ？」

この質問は私だけではなく、その場にいた女性全員に向けられたものだったのだが、一瞬場が静まり返った。

「基本的にはない……けど、あえて言うなら……」というネガティブな前置き付きで、一人の子が答えた。「料理が好きだから、今までより健康に良い食事ができるんじゃないかな……」。他の子は、「子供を産んであげられることかな……年齢が間に合えば……」と言った。

「で、村田さんは？」と聞かれ、私の返事は、「相手が死んでたら気付く……」だった。

「確かに、孤独死は嫌だからね！」「それって実は重要だよね！」と、意外にも一瞬謎の盛り上がりを見せたが、「いや、ちょっと待って、別に結婚してなくても、付き合っていれば死んだら気が付くでしょ……？」と誰かが言い、重い空気が流れ、結局、そっと話題が替えられた。

「メリット」という言葉にはどうしても悲しくなってしまうが、「愛する私と一緒にいられることが一番のメリットだよ☆」とはたとえ冗談でも言えない……ので、そう尋ねられると、つい真剣に考え込んでしまう。しかし、いくら考えても自分にメリットなど思いつかない。でも、「私と結婚したらこれだけの収入があるし家事をこれだけやるし子孫をこれだけ残せます、こんなメリットもあんなメリットもありますよ！」というような、メリットが沢山ある人じゃなくてよかったような気がしている。なんだか、そんな風だったら、結婚する前から疲れてしまいそうだからだ。

こんな風に「メリット」について考えるだけで、自分が人間ではなくて「家庭」の歯車になっていくようで心がすさみ、「結婚」という概念そのものに対して疲れていく。結婚していないのに結婚に疲れる。そんな非生産的なことはないと思うので、むしろ「何もないけど、もし部屋で死んでたら気付くよ！」くらいのスタンスで丁度いいんじゃない？とすら思うのだ。

自分にもメリットはないし、相手にも求めない。それくらい身軽でいたほうがかえってうまくいく気がするのだけど、現在特に誰ともうまくいっていない私が言っても説得力がないよなあ、とは思う。

セルフ看病日記

先週からずっと、風邪をひいている。主な症状は喉《のど》と熱なのだが、仕事をどうしても休めない。子供のころは、風邪ならすぐに学校を休めたが、今はちょっとの風邪くらいでは休んでいる場合じゃないことが多い。

なのでかなり初期の段階で医者に行き、「何だかぞくぞくするんです。でも今週、絶対に休めないんです！　薬をください、強いやつ……むしろ点滴打ってくださ い」と訴えるのだが、お医者さんは「まだほとんど熱もないし、喉も、これくらいなら全然腫《は》れたうちに入らないですよ」と、弱い薬しか出してくれなかったりする（当たり前なのだが……）。そして、一番の仕事の修羅場《しゅらば》に、ふらふらしながら原稿に向かうことになる。

子供のころは、風邪をひくと家族が「大丈夫？」「プリン買ってきてあげようか？それとも果物がいい？」などと優しくしてくれたが、大人になると、皆、「今は絶対に風邪ひけない……！」という状況だったりするので、「風邪ひいてるんです」と言うと

「そのマスク、絶対にとらないでね。というか、うつしたら殺す」みたいなリアクションをされることも多い。別にいいのだが、あからさまに病原菌扱いされると若干傷つく。

そうならないためにも、寝られるときにはがっつり寝て、自分で自分を看病して、早いうちに風邪を治してあげなければならない。「あ、風邪だな……。この土日で治さなくては！」というとき、私はコンビニやスーパーに行って、自分を看病するための様々なものを買い込む。果物にヨーグルトやプリン、レトルトのお粥《かゆ》、しばらく外に出なくても済むための大量の冷凍食品などの他に、「ちょっと消化は悪いけれど、ご褒美《ほうび》……」と高いアイスを買ってみたりもする。自分が風邪ひいて寝てるだけなのにご褒美にってなんだよ、と自分でも思うが、風邪で寝ている自分と、それを看病している自分が分裂している感じで、さんざん自分を甘やかし、寝かしつけ、必死に治す。

高熱の合間に、「ありがとう、昨日の私……」と思いながらアイスを食べたりしている光景は、身体より心を病《や》んでいる感じだが、とにかく大人の風邪は早く治さないと苛《か》酷《こく》なことになるので、どんなにアホみたいな一人芝居をしていても見逃して欲しい……と思っている。

大人の恥ずかしいゴミ

年末に大掃除をして以来、悩んでいることがある。仕事の資料用に買った大人の玩具をどうやって捨てればいいのか、である。キスをしたことがない主人公が疑似体験するシーンのために買ったものなので（没になったので本当に無駄な買い物になってしまったのだが……）よくある玩具の形状ではなく、男の人の顔の鼻から下を切り取ったような形をしていて、電源を入れると舌の部分がぐるぐる回る……という、非常に安い作りの、かなりくだらないものである。よくわからないが、せめてもっとお洒落なバイブとかのほうが恥ずかしくないのにと思う。

5年以上前に没になった原稿の資料だし、心の底から処分したいのだが、いざとなるととても困る。そもそも、これは燃えるゴミなのだろうか。このぶよぶよしたシリコンのようなものは、何なのか。マンションのゴミ捨て場に堂々と捨てて、管理人さんは卒倒しないのか。どうすればいいのかわからないまま、他の「捨てるのが難しいゴミ」

（例・体脂肪計）などと一緒に、部屋の隅に置いてある。

このままではいけない！　と、インターネットで調べてみた。「ちょっと恥ずかしいですけど……」と似たような悩みを抱えて相談している人が沢山いた。彼らの持っているのはバイブやローターなど一般的な（？）玩具で、私の持っている変なものとは素材が違うような気もしたが、とりあえず読んでみた。

半日ほど調べた結果、「ベランダで、ハンマーで叩き壊して捨てる」というのがどうも一番、穏便な捨て方のようなのだ。ハンマーで⁉　本当に穏便⁉　と思うのだが、中の電池の部分と外側で素材が違う場合は分別できるし、粉々にしてしまえばいかがわしい玩具だということはわからない、というのだ。

だが、ハンマーで叩き壊している所を大家さんに見られたりしたら私は一体どうすればいいのだろうか。隣の人が何事かとベランダを覗き込んできて、男の顔をした物体をハンマーで壊していたら通報されるのではないだろうか。そもそも、このぶよぶよした物体はハンマーで叩いても破壊することはできないのではないか。悩みは尽きない。

子供の頃と違ってエロなんて平気だよ、という顔をして余裕ぶって暮らしていても、人目を忍んで恥ずかしいものを処分しなければいけない瞬間はあるのだ……という現実と、今、久しぶりに直面し、頭を抱えている。

マンネリ化粧とプチ革命

同世代の女性は化粧にどれくらい時間をかけているのだろう、と思うことがある。というのは、私は大体10分なのである。10分でも薄化粧というわけでは全然なく、ファンデーションもアイラインもマスカラもしっかりやっている。10代のころと違って、化粧が流れ作業になっている。鏡に映ったテレビの天気予報を見ながら、ファンデーション、眉毛、アイシャドウ、アイライン、ビューラーにマスカラ、と、まるで身体を洗うときのように頭がからっぽの状態で、決まった順番に淡々とメイクしていき、天気予報の次のコーナーが始まった辺りでメイク完了となる。あー、今日折り畳み傘持っていかないとなー、と思って立ち上がるころには、「いつも通りの顔」が出来上がっている。

買うアイテムも、もう何年も変わっていない。自分に一番しっくりくるものがわかってしまっているので、多分、廃番になるまでこれを使うんだろうなー、という商品がいくつもある。

最後に顔を変えたのはもう何年前か……アイシャドウは茶色、と決めていた私が、「淡い色もいいですよー」とカウンターで薦められた色が気に入って、いろいろな色を買い集めた。そのときは久しぶりに「顔が変わった」自分を見るのが嬉しかった。

顔のマンネリ。毎日化粧をしている以上避けられないとは思うが、ちょっと寂しい。と思って、カウンターで薦められた新商品を買い求めたりするが、「朝っぱらからそんなものにチャレンジするくらいなら10分でも寝たい」という怠惰《たいだ》な理由から棚の奥に投げっぱなしになり、大掃除をしたとき使い方がまったくわからない化粧品が出てきて、「何これ？　どこにつけるやつ？　こっちの小さなブラシは何？」と呆然とするのである。

だが最近、私には1か所、「ここを変えようかな……」と思っている場所がある。眉毛である。

眉毛を太くて短いクラシカルな雰囲気にしたいのだ。なので、「太眉特集」をしている雑誌を買い求め、「まずは、今までのように眉を抜かずに伸ばす」という指示に従って、ぐっと我慢して眉毛を育てているところだ。あとどれくらい堪《こら》えたら、久しぶりに「顔を変える」ことができるだろうか。それがどんな自分なのか、緊張しながらも楽しみにしている。

紫外線と女の本気

紫外線の季節がやって来た。

この時期になると、出かける前、洋服や髪形などとは別に、「今日は紫外線に対してどれくらい本気でいくか」を決める時間が存在する。天気はもちろんだし、集まるメンバーや雰囲気などによっても違ってくるので、かなり悩んでしまう。

たとえば、30代男女の海を見ながらのバーベキュー。日傘に、遮光《しゃこう》素材で作られた真っ黒なストールに、サングラスに、「顔を全部守ります！」という強い意志を感じる巨大なつばのついた帽子、という装備を全部つけていくべきなのか、「そんなに紫外線が嫌ならバーベキューに来んなよ！　今日は自然を楽しむ日なんだよ！」という空気にならないようにむしろTシャツにキャップくらいの軽い感じでいくべきなのか。紫外線に対して本気を出しすぎるとファッション的にはどんどんおかしくなっていってしまうし、「そこまでして守るほどの肌なんですか？　女優気取りですか？」と思われるのではないか……という変な自意識が働き、周りと足並みを揃《そろ》えようとしてしまう。

また、本気グッズを身につけすぎると、周りに迷惑になることもある。つばが大きすぎる帽子やデカすぎる日傘は、土日の混雑した繁華街などでは前の人の後頭部に突き刺さりそうになり、「その15センチもつばのある帽子、嫌がらせですか?」という雰囲気になってしまうのが申し訳なく、せっかく持って来たのに鞄の中にしまい込んで、無防備な顔にじりじり日光が当たる感覚に、心の中も不安でじりじりしてしまう羽目《はめ》になる。

かといって、「今日はこれくらいの装備でいっか!」と日焼け止めだけで出かけると、「お待たせー」と現れた友達が全身真っ黒の本気装備だったりして、「ああー、私も日傘持って来ればよかった! この子はこんなに守られてるのに、私の肌には今もどんどん紫外線が!」と、差をつけられていく感じがして変に焦《あせ》ってしまったりもする。

極め付きは、デートの時である。「鎌倉の海辺でお散歩デート♡」をする時、私たちは、男性に対して本気でいくべきなのか、紫外線に対して本気でいくべきなのか……どちらの方向に本気を出したかでファッションは180度違ったものになる。そういうわけで、今日も、出かける前に愛用のグッズを並べて悶々とするのである。

恥じらいiPod

皆さんは、iPod（などの音楽プレイヤー）を人に見られても平気だろうか。私は無理だ。絶対に無理だ。たまに、「何聞いてるの？　ちょっと聞かせてー」などと気軽に言ってくる人がいるので、iPodは鞄の奥底に隠すようにしている。

何が恥ずかしいのかというと、まずはプレイリストの名前が恥ずかしい。「スカッとするうた」とか「恋愛っぽいうた」とか「きらきらしたうた」とか、なんだか物凄く馬鹿っぽい。「夏の夜のうた」というちょっと気取ったプレイリストもあり、それも恥ずかしいのだが、中身を見ると「大東京音頭」「ドラえもん音頭」などが入っていて、さらに恥ずかしい。一番恥ずかしいのは「月9っぽいうた」というプレイリストだ。中身が本当にドラマで使われていた曲ならいいのだが、私が「なんとなく、この曲、月9っぽい……！」と思った曲がセレクトされているというだけなので、「え……？」というものも大量に入っていて、ものすごく馬鹿っぽい。

アニソン系もめちゃめちゃ入っているので、それも恥ずかしい。しかも最新のものだけでなく、『ダーティペア』の主題歌とか、『シティーハンター』の主題歌とか、「古い！」というものが大量に入っていたりする。どれだけ子供の心を失わないまま大人になってしまったんだ？　という感じでかなり恥ずかしい。

ｉＰｏｄを買ったばかりのころは、飲み会などに行く前は必ず恥ずかしい曲やプレイリストは消して、見せても大丈夫にしてから出かけていた。今はそこまではしていないが、誰かの家とか仕事先から帰るとき、財布と携帯電話より先に、まずはｉＰｏｄを落としていないか確認する。電車の中でも、恥ずかしいＣＤジャケットの画像が流れてくるのを隠しながら聞いている。自意識過剰だとは思うが、後ろのサラリーマンや女子高生に「この人の音楽の趣味……」と思われていそうな気がしてならない。

皆で車に乗っているときに「なんかこの曲飽きてきたなー。誰かｉＰｏｄ持ってない？　繋《つな》げて流そうよー」などととんでもない提案をしてくる人は、きっとｉＰｏｄの中に恥ずかしい曲が一曲も入っていないのだろう。羨《うらや》ましいような、でも恥ずかしいｉＰｏｄのほうが愛しくて楽しいような変な気持ちになりながら、「いや、持ってないですね！」と目をそらしながらで嘘をついている。

友達が減る季節

学生時代からの女友達と、久しぶりにワインをボトルで開けながら飲んだ。そのとき、最近この近くの家に集まってＤＶＤを観た、と何気なく言った私に、彼女が言った。

「いいなあ。最近、友達って減っていくよね？　そういう年頃なのかなあ……」

私が書き終えたばかりの小説に出てくる台詞とそっくりだったので、息を呑んだ。創作の中だけでなく私自身も、少し前、ひりひりとそんな風に感じていた。

友達は、減っていく。物理的に遠くなる、または時間の制約の関係で会えなくなる、というだけなら、まだいい。たとえば、旦那さんの転勤で遠くへ行った友達。東京での仕事を辞めて、地元で結婚した友達。子供ができて、なかなか夜に会えなくなってしまった友達。親の介護で大変な友達。お互いの人生の事情やタイミングで以前ほど会えなくなってしまうことはよくある。けれど、それは別に人生からいなくなるわけではない。会う頻度は減っても、不意に連絡が来て、ＬＩＮＥで物凄い長文でお互いの日常を吐き出したり、どちらかが旅行して久しぶりに会って時の流れなんてなかったように話したり、誰かが泣きたい夜に時間をやりくりして颯爽《さっそう》と駆けつけたり。そういう「想いの繋がり」のようなものがあるうちは、何かの事情で会えなくても、友達は消えない。

けれど、やっぱり人生から消えてしまう友達はいる。決定的な価値観の違いに気付いてしまったときがそうだ。人生の局面が多い年頃だからこそ、雑誌で見たカフェでケーキを食べながら喋っていたようなときには必要なかった「本当の言葉」が求められ、それを発言し合うことで、自分たちが決定的に違うことを思い知らされたりする。その違いは結婚するとかしないとかいう単純な問題ではない。人間と人間として、私たちは互いの人生からフェイドアウトすることを選択するときがある。

けれど、今は新しく友達ができる季節でもある、と思う。少なくとも私はそうだ。ここ数年でたくさんの出会いがあって、大好きな友達がたくさん増えた。大人になった今だから仲良くなれた人もたくさんいる。人生の局面の向こう側に、誰もいないということはない。立っている人に声をかければ、きっと出会いもある……と信じないと酒が友達になってしまいそうなくらい、苦い話なのだ。

美容院の浮気

私は最近、浮気をしている。浮気といっても、美容院の浮気である。浮気の話をする前には、まず本命の話をしなければならないのだが、本命の美容院と出合ったのは、20代前半のころで、もう10年以上通い続けていることになる。腕もいいし、髪質もわかってくれてるし、仲良く話してくれるのでリラックスできて楽しい。じゃあ何が不満があるのかというと、本当に出来心というか、しょうがなかったのである。どうしても髪をセットしなければいけない日があり、その日がその美容院の定休日だった。なので、しょうがなく、携帯サイトで適当な美容院を探し、予約したのである。

私は本来、美容院に行くのがあまり得意ではない。「今日はお仕事お休みですかー?」とかの会話も、「はあ……まあ……」と口ごもってしまう。気が重いな、と思いながら家を出た。地図を見ながらなんとか美容院に到着し、荷物の預け方一つとっても いつもと違うので挙動不審になりながらソファで待っていると、今日担当してくれるという美容師さんが現れた。おどおどしながらやってもらいたいスタイルを伝えると、笑顔でシャンプー台に通された。

　そのシャンプー台も、いつもと勝手が違う。まず、顔にかける白い紙がない。「え、どうしよう」と思っている間に、なんかいつもより直立に近い状態で首だけ曲げてシャンプーが始まり、「この姿勢で⁉」と動揺して、目を瞑《つむ》るかどうかさえわからないままにシャンプーが終わり、椅子に通されると今度は、お茶には大量のお洒落なお菓子が付いてきて、「え、食べきれない……」とリアクションしてしまう。ともかく、初めてのことの連続で、いつもの美容院を恋しく思う一方で、「何か……新鮮！」という気持ちになってしまった。しかも、そのときしてくれたセットがすごく良かったのだ。気まずさも含めて、ちょっと非日常的な感覚があって、背徳感のある楽しさを感じてしまった。

　……そしてそれからもう2回、セットに行っている。本命からは、「あ、なんか今回久しぶりですねー」と言われ、浮気相手からは「よかったらカットやパーマもさせてくださいね」と言われてしまい、「その一線は越えられない……」と謎の操《みさお》を立てながらも、ずるずると逢瀬《おうせ》を続けている。

こそこそ高級クリーム

　年齢を重ねると、乳液や化粧水も、それなりの値段がするものを使っていたりする。「私は肌を甘やかさない」という主義で安くて良いものを探して使っている子もいるが、友達とスキンケアの話をすると、大体、けっこう値が張るものを買っている。「最近、ワンランク上のラインに変えてみたんだー。肌の調子がやっぱりいいよー！」なんて会話をすることもある。

　それで聞きたいのだが、その値段を、恋人や結婚相手に白状しているだろうか。

　私は前の恋人に、自分が使っているスキンケアの値段を頑《かたく》なに隠していた。なぜなら、彼が想像しているのとは大幅に値段が違うからだ。新宿をうろうろしていた時に、「あ、そういえば、乳液が切れてたんだ」とつい呟いてしまい、「あ、じゃあ一緒に買いに行く？」と言われ、「いやいやいやいや!!　大丈夫!!　悪いし!!」と、必死に止めた。半同棲のようになっていた彼氏の時も、スキンケア類を買う時は、「別行動でいいから!!

別行動で‼」と、間男《まおとこ》を隠すくらいのレベルで必死に、彼を遠くへ押しやっていた。

宝石やバッグなら、ある程度値の張るものを使っていても、「女はそういうの好きだよなー」くらいで済む気がする。でも、例えば「3万円のアイクリームの小さいチューブ」とかは、多分、男性には一生理解してもらえないんじゃないかと思う。

別に、自分のお金で買うわけなのだから、「女はこれくらい肌にお金をかけてるのよ！」と堂々としてればいい、と理屈ではわかっているのに一体なにがそんなに後ろめたいのか自分でもよくわからないが、絶対に隠してしまうのだ。「浪費家」とかそういう問題ではない決定的な断絶が、そこにあるような気がしてしまう。彼にとって自分が、「本当に理解できない生き物」になってしまう気すらする。

私が調べた（といっても周りの友達に聞いてみただけだが）限りでは、「それだけは……秘密にしてる……」という子がかなり多い。「乳液はバレたけど、秘蔵のクリームについては隠し切った」という話も聞いた。何を裏切っているわけでもないのだが、なぜか秘密にしてしまう……この恐怖がどこから来るのかよくわからないまま、値段の明記された箱をこっそりゴミ箱の奥へ押し込んでいるのだ。

健康一年生

子供の頃、大人たちが集まってお茶をしたり立ち話をしているとき、親戚や近所のおばさまが延々と健康の話をしているのが、物凄く退屈だった。政治の話や経済の話と違って聞いていて意味はわかるのだが、それだけに、いくらなんでももっと違う話があるだろうと思っていた。天気の話のように、話題がないから仕方なくそんな話をしているのだろうとすら考えていた。

しかし今、私は友達と、物凄く真剣に健康の話を延々としている。会ったときだけでは足りずにメールやLINEでまでそんな話をしていたりする。

20代のころにしていたような、ダイエットや美容の話題からの流れではなく、「あのさ、この前会社の健診だったんだけど血圧が……」とか、「この前婦人科に行ったんだけど、お医者さんにこんなワクチン勧《すす》められて……」とか「今さあ、ピロリ菌の治療をしてるんだけど……」とか、話の冒頭から全力で健康の話をしている。「今日、飲みの後半、ほとんど健康の話だったな……」と思うことも少なくない。

身体が思うように回復しなくなってきている。不摂生《ふせっせい》がダイレクトに検査の数値や体調に表れるようになってきている。思いがけない場所に、今まで体験したことのないような不調を感じるようになってきている。

「年だから」と言えばそれまでだが、健康意識や美意識の高い人と違って実際に何か不調が起きないと考え始めないタイプの人間は、「健康」というジャンルにおいてまだ一年生だったりする。「へえー、心電図ってこういうことで再検査になるのかー」とか、「亜鉛《あえん》が足りてないなんて初めて言われたけど、どうすればいいの!?」ということを一から調べたり、友達と情報交換したりする。今までファッションの話しかしたことがなかった友達と、深刻に、尿酸値について語り合ったりする。

ずっと親しくしてきた友達と健康の話をするのは変な感じだ。でも、自分や友達の身体の未知の部分を知ったり、今まで必要なかった知識が急速に身に付いたり、「新しい」ことがたくさん起きる。30年以上も付き合ってきた身体のことなのに、知らないことばかりだったのだと気付かされる。あの時、「健康」について話していた大人たちも、本当はまだ一年生だったのかもしれない、と今になって思うのだ。

酒に弱くなった女

お酒に弱くなった。

年齢のせいだと思うのだが、確実に弱くなった。ビールを少し飲んだくらいでけっこうふわふわしてしまって、「あれ、うそ⁉」となってしまって、自分でびっくりすることがある。

年をとったのだから仕方がないと思うのだが、お酒に弱くなってしまったことが、なぜだかたまらなく恥ずかしい。20代のころは飲めるほうだったので、私のことを「酒に強い」と思っている友達が多い。日本酒も焼酎《しょうちゅう》も飲むので、「やるねー、いけるねー!」と喜んでくれる人もいる。そんな私がビールをちょっと飲んだくらいでふらっと酔ってしまうと、「え、どうしたんですか村田さん⁉ 今日は体調悪いんですか⁉」と心配されてしまう。「実は……弱くなってしまって……」と、なかなか言い出せない。「寝不足のせいですかね。本当ならまだまだいけるんですけどね……!」と意味もなく強がってしまう。20代をずっと、「けっこう飲める女」で通してきてしまったせいで、今さら、「サワー1杯で酔っちゃった♪」などと可愛いことはどうしても言えないのである。

私はどちらかというと大人しく見られがちな見た目なので、日本酒とかをぐいぐい飲むことで、「けっこう酒豪じゃないっすか！」「姉御《あねご》！　いけるじゃないっすか！」と喜ばれると嬉しく、場が盛り上がる感じがして安心した。カシスオレンジ1杯で「酔っちゃった……」なんて言うぶりっこ女、大っ嫌いなんだよ！　と豪語する人の前でも、飲みっぷりを披露することで「よし、お前は仲間だ！」と許されていた。飲むことで、いろいろなことを誤魔化してきた。身体が年をとってそれができなくなってきていることが、なんだか不安なのである。

友達も同じように年をとっているので弱くなっている子が多い。「あー、ごめん限界、あとはお茶にする。すみません、カモミールティーくださーい！」と言ってのける子もいる。そういう時は便乗《びんじょう》して「あ、じゃあ私もお茶にしようかな？」と烏龍《ウーロン》茶を飲み始めるのだが、実際はこっちも限界だったりする。それでも「飲める女」として誤魔化してきた数々のことを許してもらえるかどうか不安で、つい無茶をしてしまう。まだまだ、恰好いい大人の「酒に弱くなった女」には程遠いのである。

着物の誘惑

……ハマったらヤバいよ……と皆が言う。金銭感覚がおかしくなるよ……貯金飛ぶよ……でも楽しいよ……ふふ、こっちへおいでよ……。こんな恐ろしいことを皆が言う……それが「着物」だ。私も、御多分に漏れず、着物のことを延々と考えてしまう夜がたびたびある。実際に古着の着物のお店にまで行ってしまうこともある。でも、まだ踏み留まっている。

実は私の家のクローゼットには、昔古着で買った着物が二枚眠っている。しかしどちらも振袖《ふりそで》なので、この年齢で着るのは厳しいと思う。一枚は兄の結婚式で着たピンクの振袖なので未練はないのだが、もう一枚は濃い紫色の落ち着いた印象の着物（しかも1回しか着ていない）なため、これ、袖を切って訪問着にすることはできないだろうか……と悶々としてしまう。

母に聞いてみたところ、「袖に柄があるデザインだから無理じゃないかしら……昔、私もやったことあるけど、『無理矢理切りました！』って感じになっちゃって、結局着なかったのよねえ……」とのことだった。しかし着物には未練があるのか、「でもあれ、落ち着いた色だし、着れるんじゃない？　独身である限りは、50歳だろうが60歳だろうが振袖着てもいいのよ。大丈夫よ！」とだんだんテンションが上がっていく母と、「いや、無理だって……私、この夏に35歳になるんだよ……振袖は厳しいよ……」「いけるわよ……！　そういう人見たことある気がするわよ！」と延々と謎の議論をしてしまった。

そして結局、「着物……欲しいな……」という想いに立ち戻る。一着だけ買ってしまおうか⁉　と思ったり、「いや、買ったとして、本当に着る⁉」と我に返ったり、とにかく悶々としてしまうのである。

いつも、浴衣《ゆかた》すらここ何年も着ていない私には無理、まずは浴衣を着よう！　という結論が出るのだが、時間がたつと「……着物、欲しいな……」と、また延々とインターネットで着物の画像を眺めてしまったりする。

もう少し大人になったら始めよう。この年齢で、そんなことを思うことになるとは思わなかったのだが、着物に対しては、ここ数年、ずっとそう思っている。私が「大人」になる日はいつなのか、楽しみなような怖いような気持ちでいる。

鞄がもげる夏

夏になると、荷物が多くなる。

いつも「これから1泊するの？」と言われるくらいに荷物が多い私だが、夏は特にひどい。それは冷房に弱くなったという理由も大きい。年をとったせいか、カフェやレストランの冷房に年々、敏感になってきている気がする。クールビズで冷房は弱くなっているはずなのに、弱風が当たるだけでもしんどくて仕方がないのである。

私はよくコーヒーショップやカフェで仕事をするのだが、まず確認するのはクーラーの位置だ。風が直撃するところには座れない。なるべくクーラーの送風口から離れた席に座り、それでも肌寒くて、鞄の中にみっちり詰め込んである冷房対策グッズを取り出す。カーディガンとストールは必須で、これらを忘れた時には一旦家に帰るほど、私にとってはなくてはならない相棒だ。暑い日には冷房も強くなるので、真夏になると念のため、これに加えて薄手のパーカーを持って行くこともある。「寒くなったらトイレで着よう」とヒートテックを持っている時すらある。いつも鞄の他に「冷房対策グッズを入れる用」のサブバッグを用意し、その中にこれらをぎゅうぎゅうと押し込んで出かけることになる。

それに加えて、外を歩く時のための日傘、ゲリラ豪雨に備えた雨傘、日焼け止め、制《せい》汗《かん》スプレーに、虫刺されの薬に……と備えれば備えるほど鞄はパンパンになっていき、素敵な女性からは程遠くなる。夏ってこんなに苛酷だったっけ……？　と遠い目になってしまう。

あまりに荷物が多いので、「鞄がもげる」という体験を何度もしている。ショルダーが切れてしまうこともある。

新しい鞄を買うとき、可愛さやデザインなどよりもまず、「もげるかもげないか」が気になる。

「こんなに細いショルダーは切れるな……」

「ショルダーの根元がこんなお洒落な鎖《くさり》でしか繋がってない！　あっという間に千切れる！」

などと思案していると、「どうですかー？　可愛いですよね、そのバッグ―」と店員さんが近づいてくる。

「可愛いですけれど、ちょっと……」

「ちょっと？」

「あの、ショルダーがちょっと……もげますよね、これ？　あの、私、荷物が多いんで……もげないバッグありますか？」

店員さんは面食らった様子で、

「もげ……るかもしれないですね」

と目をそらし、一生懸命「もげないバッグ」を探してくれた。

しかしちょうど先日、愛用しているバッグのショルダーがとつぜん千切れて、鞄本体が新宿の地下街に転がって行った。

かなり丈夫なバッグを使っていたつもりだったので、

「……お前もか……！」

と絶望的な気持ちになった。

「そんなに必要ないんじゃない？」

と度々言われるが、外で長時間仕事していると冷房が本当に辛くなってきて、カシミアの本気の冬物の厚手のカーディガンに大判のストールをぐるぐる巻いて、それでも寒くて鞄からパーカーを出して羽織り、「ちょうどいい！　さすが私……！」と思う機会が予想以上に多い。友達に聞くと、「うん、私も会社の冷房が辛くて席替えしてもらった」「私も冷房の設定温度で彼氏と喧嘩した」と、「昔はもっと大丈夫だったのに……」と夏の意外なしんどさを語ってくれる子が多い。ちょっとほっとするのだが、そういう子が可愛くて小さなクラッチバッグしか持っていないのを見て、なんとなく取り残された気持ちになる……そんな夏をここ数年繰り返している。

大人のパジャマ問題

「寝るとき何を着るか」という問題を、ここ数年ずっと考え続けている。素敵な大人の女性は、眠るとき何を着ているのだろうか。シルクのパジャマ？　ネグリジェ？　シャネルの5番？　街で売っているルームウェアは「これは10代向けでは……？」と躊躇してしまうものも多いのだが、探せば大人向けのものもあるのだろうか。

今、何を着ているかというと、「左側が裂《さ》けたパジャマ」を着ている。パジャマ自体は無印良品で何年か前に買ったもので、シャツワンピースのような形をしている。寝るとき、ウェストを締め付けられると寝苦しいので、「この形を探してた！」と思って4着購入して愛用していたのだが、なぜか、4着ともすべて、左側が裂けてしまった。おかげで、今はチャイナドレスのようなスリットが入り、その上さらに横にも生地《きじ》が裂けてぶらぶらしているという、かなり酷《ひど》い状態のパジャマを着て眠っている。なぜ左側だけ裂けてしまうのか……どんな寝相をしていればそうなるのか……それは誰にもわからない。

20代のころは上下セットのパジャマを着ていたが、ウエストが締め付けられると熟睡できないのでズボンだけ脱いで寝て、寝室を出るときはそれを穿《は》いていた。面倒に思った私は、男性用の大きなシャツで眠れば、下着も見えないしそのままリビングをうろうろできるのではないかと考えた。紳士服の店へ行ってYシャツを買ってみたのだが、結局パンツは見えるし、ぶわぶわして寒いし、友達からは、「何、一人で『彼のシャツ、借りちゃった♡』ごっこしてるのよ！　空《むな》しいからやめなよ！」と言われるし、散々だった。

無印に行ってももうこのシャツワンピの形のパジャマを売っていないので仕方なく着続けているのだが、どうせ次に新しく買うなら、物凄いアダルトなネグリジェとか、高級シルクパジャマとかにチャレンジして、「大人の女だな、私は……」と自分に酔いながら眠ってみたい気もする。今は、宅配便が来たら猛スピードで着替えないといけないので億劫《おっくう》だというのもあるのだが、そんなセクシーなネグリジェなど着てみたところで、結局そのまま玄関には行けないし……と悩みながら、今日も、この原稿を、裂けたパジャマを着ながら書いている。

高性能恋愛ブレーキ

20代前半のころ、私の「恋愛ブレーキ」は故障していた。「ちょっと危険な感じがする人だからやめておこう」「好きだけど、彼女がいるからあきらめよう」「年上だからきっと相手にされない、他の人を探そう」。すべて、その後突進した。ブレーキとアクセルを間違えたんじゃないだろうかという勢いで、全速力で激突していた。当時の私は、「ブレーキをかけても止まらないほど好きになるのが、本当の恋愛なんだなあ」と呑気に考えていた。「本当の恋愛」にしては、急突進、激突、交通事故、をひたすら繰り返していただけのような気がするのだが、それが恋愛なのだと思っていた。

しかし、三十路の今、自分の恋愛ブレーキの高性能っぷりに、このところ少し引いている。「素敵な人だなー」と思っても、「でも、仕事の人だから公私混同はよくないな」くらいのためらいで、物凄くきっちりとブレーキがかかって停止する。止《や》めておいて何だけど、なにこれ……とまったく動かない車窓を眺めながら呆然としてしまう。

あまりにブレーキが利くので、思いっきりアクセルを踏み込んでしまいたくなるときがある。しかしそんなときですら、「危ない、事故りますよ！」とばかりに安全装置が作動して、自動的にブレーキがかかってしまう。恋愛暴走車に乗っていたはずの私が、いつの間に、こんなに高性能な車に乗って安全運転を強要されるようになったのだろう……と不思議に思う。

これが大人になるということなのかという気もするが、単に慎重に、臆病になっているだけだという気もする。恋でボロボロに事故っても、仕事は忙しいし、甘えられる相手もいない。女としての自尊心を回復するガソリンスタンドは、「あ、ごめん、ここ、年齢制限あるから」と冷淡だったりする。ガソリンがなくても自分の力でしゃきっと立って、また「大人の女」をやらないといけない。そう思うと、ついブレーキを踏んでしまうのだ。大人だからこそ、もっと気楽に恋愛を楽しんだっていい。理屈ではわかっているのに「ああ、好きになりそう……あ、でもプライベートで落ち込んでる暇ないや、秋くらいまで仕事忙しいからちょっと待って。一旦落ち着こう」ですんなり止まってしまう車の中で、これでいいのかと悶々とする日々である。

「懐かしい」が怖い

年齢を重ねたせいだろうか。「懐かしい」という感情が、年々、自分の中でエスカレートしてきているような気がする。

「懐かしい」は怖い。怒りより、悲しみより、「懐かしい」は人の理性を壊してしまう。大体、夜中の衝動買いのほとんどが、「懐かしい」という感情のせいだ。昔読んでいた少女漫画の大人買い、ドラマのDVD、昔よく聞いていた音楽など、「懐かしい」と思うとつい誘惑に負けて通販サイトをクリックしてしまう。大量に届いた通販の箱を開けて恍惚《こうこつ》とするのだが、「懐かしい」だけで買った品物の数々が、家計を圧迫しているのは間違いない。

「懐かしい」は時間もさらっていく。昔ハマっていたものについてネットで調べるだけで休日が終わったりしてしまう。好きな本や映画などについて調べるならまだいいが、「中学生くらいのころ、皆が首から革のペットボトルホルダーを下げてなかったっけ……あのブームって何だったんだろう……」などというくだらないことで一日が潰《つぶ》れると、あまりの時間の無駄遣いに呆然としてしまう。

「懐かしい」は感情を解凍する。小学校からの友達と思春期のころについて話していたとき、「○○さんと目が合うと次の日からシカトされるから皆怯《おび》えてて……」「××さんがスカートが短い後輩を呼び出してベランダで……」と、最初は笑っていたのにだんだん深刻になっていき、まるで一日思春期の中学校で過ごしてしまったかのような生々しい気持ちになる。その夜は、目を閉じると当時の光景が鮮明に蘇《よみがえ》って、「サイン帳……」「給食当番……」とうなされてなかなか寝付けなくなったりする。

また、「懐かしい」をきっかけにはじまる不毛《ふもう》な恋愛もある。「懐かしい」補正というものがあって、懐かしい男性が、なんだか安心感や信頼感がある素敵な人に見えてしまうのだ。当時のままなわけはなくて、今の彼を冷静に考えればただのチャラチャラした男性なのに、初恋だったから……みたいな理由でかなりドロドロした恋愛をしてしまった友達もいる。

「懐かしい」ものは無駄なものばかりだ。だからこそ愛おしいのだが、振り回されてしまう。と、懐かしくて捨てられない、絶対もう着ない洋服を®断捨離できずに愛おしさがこみあげてきて、その感情に振り回されてしまうのだ。

「着ない服」愛好会

同い年の編集者の女性と、「女のクローゼットの中って、絶対着ない服ってありますよね！」という話で盛り上がったことがある。編集さんは派手すぎてどうしても着られない1着があると言っていた。私は「赤ずきんのスカートと白雪姫のスカートがあるんです……一回も穿いてないです……」とカミングアウトした。「え……ちょっと待って、赤ずきんの柄って全然わかんないんですけど……そしてなぜ、着ないのに白雪姫も買ってしまった!?」と突っ込まれたが、それは自分でもわからない。「見てる分には可愛いが、自分では着られない」服だったのだが、それなら1着でいいはずなのに似たようなものを3着（今クローゼットを見たらもう1着、森の中に熊がいるスカートがあった）も買った自分の財布の紐《ひも》の緩《ゆる》さを呪いたい。

そんなもの®断捨離してしまえ！ と思うかもしれないが、見てる分にはときめくので捨てられないのだ。そういう意味不明の服が、女のクローゼットには必ずある（多分)。そのまま酒と話が進み、「じゃあ今度、着ない服を着て集まって飲む会、開きませんか⁉」と盛り上がった。値札がついたままのワンピースやら、テンションが上がって買ったが家の鏡の前で試着して挫折《ざせつ》したミニスカートやらを、あえて着て集まる。そして「何だその服⁉」とお互い言いながら飲む。なんかすごく楽しそう、やりたい！ と激しく思っているのだが、編集さんとは会うたびに「やりましょう！」と盛り上がるだけで、まだ実現していない。実際に「そういう服クローゼットにありませんか？ それ着て集まりません⁉」と皆に声をかけると、「え、あれを着て電車に……⁉ 人のは見たいけど自分のは見せたくない！ ちょっと待って！」となってしまったりして、いまいち集まりが良くない。いいアイデアだと思うのだが……女心は複雑だ。

でも……と、値札がついたままの赤ずきん柄のスカートを眺めながら思う。これを買ったときのわくわくした気持ちと、着ない罪悪感。衣替えのたびに悩みながら、やっぱり捨てられない未練。一人で繰り返してきたモヤモヤを皆と笑い飛ばして、颯爽とこのスカートで夜道を歩きたい。だからやっぱりいつか、そのトンチキな会を開いて笑いたい、と思ってしまうのだ。

人見知りの合コン作法

極度の人見知りなので、「合コンに行ったことがある」と言うとよく驚かれる。「え、さやかちゃんに可能なの？」とも言われる。確かに、いろいろな飲み会をおかしな雰囲気にしてきた自分によくそんなことができたなあとは思う。そこで、様々な苦境を乗り越えてきた私なりの合コン作法を纏《まと》めたいと思う。

まずは、待ち合わせ。誰かと店の外で待ち合わせるのが望ましい。一番乗りで着いてしまったら大変なことになるからである。もしどうしても現地集合だと言われたら、店の前で潜伏《せんぷく》して誰か知っている人が店に入っているのを見届けてから入店するのをお勧めする。人が揃ってから確認することは、「好みのタイプがいるか」ではない。「溶け込めるか溶け込めないか」である。「あ、この集団には溶け込めなさそう……」と思ったら、心のシャッターをその時点で閉めることを推奨《すいしょう》する。

次に、自己紹介。唯一の絶対に喋らなくてはいけない時間である。盛り上がるわけでも盛り下がるわけでもないどうでもいい感じで自己紹介するのが望ましい。「初めまして、村田沙耶香です。○○さんの友達です」くらいで席につき、「次の方どうぞ」というオーラを出して強引に終わらせる。

自己紹介が終わったら、心を閉ざす。あとは、いかに喋らずにこの先の数時間を乗り越えていくかだ。肝心なのは、表情だ。一言も喋らなくても、とりあえず微笑んで「敵ではない」「別に怒っているわけではない」ことを静かに主張する。

そこからは黙々と、微笑みながらシーザーサラダを食べ続ける。飲み物のオーダーをするには喋らなくてはいけないので、目の前のドリンクはなるべく減らさないようにする。

そうして数時間乗り越え、「連絡先交換しようよ！」となったとき、声をかけられない限りは皆が連絡先を交換しているのに気が付かないふりをする。残しておいたドリンクの出番だ。いきなりどんどん飲んで、酒に夢中なふりをしてやりすごす。

これで「なんかあと一人いた気がする……」くらいの印象で、無事に合コンを終わらせることができる。改めて文字にするといろいろ酷いが、とりあえずこれで、店員さんには「お客さん、溶け込んでますね！」と思ってもらえるので、それができれば成功だと思っている。

温泉のベテラン

ここ数年、友達と「温泉の中で待ち合わせ」することがある。

いつも行くのは友達の近所の温泉で、スーパー銭湯のような大きな施設ではないし露天でもないのだが、年季の入った湯船には効きそうな黒い湯が溢れている。「例の温泉に4時集合で！」と約束し、さっと温泉に入って、その後は居酒屋で湯上がりビールを飲む。施設内で売っているコーヒー牛乳をぐっと我慢し、居酒屋へ向かってから飲む一杯は格別で、やめられない。どちらかが遅刻するともう一方がのぼせる、という欠点はあるが（裸で温泉に入っているので携帯電話で連絡がつかない）、一足お先にゆっくりお湯につかっていると、友達が小さく手を振りながら全裸でやって来る。

……この「裸の付き合い」という感じが、なんだかすごく楽しい。

しかし、こうした銭湯や温泉にはベテランがいる。何度か通っているとはいえ、私たちはまだまだ新米だ。ベテランのルールには従わなくてはならない。いわゆる「暗黙の了解」というやつなので、ベテランの動きを見て察するしかない。

　たとえば、ジャグジー。温泉の中に2か所ジャグジーがあるのだが、入口に近い一方だけがいつも大人気なのだ。最初はなぜかわからなかったが、どうやら噴出力が違って、人気のジャグジーの方が強くて気持ちいいのである。私たちも「いい方のジャグジー」を使いたいのだが、それがなかなか難しい。並んでいるのではなく、次は誰、その次は誰、というのを目と目で合図しているからである。弱い方のジャグジーで羨ましそうに眺めていると、たまにベテランが「あっち使っていいわよ」と言ってくれる。その時だけ、思う存分に「いい方のジャグジー」を堪能《たんのう》できるのだ。

　また、温泉の中ではブームがある。「水風呂に入って、パイプから出てくる源泉を顔に塗り込む」というのが今ここでは熱いらしい、と友達が耳打ちしてくれた。確かに皆それをやっている。なぜ水風呂なのか、それがどういいのかはわからない。思わずじっと見つめていると、「やってみる？」とベテランがやり方を教えてくれたりする。

　温泉に行くと、自分たちはまだまだひよっこなのだなと思う。いつか自分がベテラン側になって、ひよっこにいろいろ教えてあげるような日も来るのかなあ、と思いながら、いつも湯上がりビールを堪能している。

アダルトショップの憂鬱

また、アダルトショップが出てくる小説を書き始めてしまった。なので、取材に行かなければならない。こういうときいつも行く店があるのだが、前回行ったのは5年ほど前だろうか。かなり気が重く、緊張する。

といっても、アダルトショップに一人で入ることに緊張するわけではない。基本的に恥じらいとかそういうのはあまりないので、それはまったく抵抗がない。緊張するのは、「今回も怖い人に声をかけられるのだろうか」という点だ。

ちょっと意味がわからないかもしれないが、女性が一人でアダルトショップに長時間いると、かなり高い確率で声をかけられる。最初に行ったときは、「こんなものもあるのか……」と深刻な表情で、ブラシが付いた形状のよくわからないものを見ていたときだった。「どこに使うんだろう?」と考え込んでいると、奥からのそりと男性が現れて、「あの、これからどうですか?」と当然のように声をかけられた。説明を聞くと、どうやら、ホテルに行きませんか？　という意味らしい。断ると、「ああ、彼氏と一緒なんですか」と笑われた。

女の一人客＝とにかく身体に入れるものを探しているのなら、僕の息子を入れたらどうですか？　別に変わらないでしょ？　という横柄《おうへい》な態度にとても悲しくなった。だいぶ違うような気がするのだが。断る＝なんだ、彼氏と来てるんですね、という思考回路もなんだか寂しかった。

この店には女の一人客＝ホテルに行く相手を探し中です、という暗黙の了解があるらしく、外ではそんなにナンパなどされない私が、その店では毎回、「ホテル行きませんか？」とかなり直接的な言葉で声をかけられる。これじゃあ普通の女性の一人客は足が遠のいてしまうだろうなあと思ったのをよく覚えている。

しかしあの頃からはもう数年たってしまっている。私も年だ。あんなに誰でも良さそうな人たちに品定めされ、「あ、あなたはいいです、一人でゆっくり見てください」とスルーされるのは心にダメージを受ける気がしてしまう。かといって、もちろん声をかけられれば怖く、ショックを受ける。

というわけで、どちらでもなんだか苦しく傷ついてしまいそうだな、とイメトレしながら、今からとても緊張しているのだ。

「初めて」オンチ

　年齢を重ねても……いや、重ねたからこそ、何かに「初めて」チャレンジするという機会が増えた気がする。それでつくづく思うのだが、私は「ちょうどいい初心者の準備」をするのがとても苦手だ。例えば、「え、登山したことないんですか？　じゃあ、鎌倉でハイキングしませんか？　ちょっとした登山気分が味わえて楽しいですよー！」なんて声をかけてもらえたとき。私はすぐにかなり本気のアウトドア専門店に行ってしまう。

「軽くハイキング」と言われているのに、「ちょっとした登山気分……登山……山を舐《な》めてはいけない……」とだんだんテンションが上がってきてネットで調べまくり、「とにかくゴアテックスってやつがいいらしい！」「一応非常食はいるのか⁉」「水は1本じゃ足りないぞ‼」と頭の中で物凄いシミュレーションが始まってしまう。

　店員さんに、「何かお探しですか？」と優しく声をかけられ、「実は初めての登山で……！」と深刻な表情で訴え、それは大変だ、と売り場をあちこち連れまわされて「これが必要です。これも必要です！」と店員さんまでエキサイトさせてしまう。「ところで、山はどこですか⁉ 富士山ですか⁉」と訊ねられ、「いえ、鎌倉山です」と答えたときの店員さんの表情は忘れられない。「それは……丘ですね……」と、そっと普段着みたいなコーナーに連れて行かれてしまった。

にもかかわらず初志貫徹でゴアテックスを買ってしまい、友達に「だからいらないから！ 店員さんかわいそう！」とつっこまれた。しかし何だか不安でしょうがないのだ。店員さんに「鎌倉山は丘ですよ⁉」と悲痛な声で訴えられながら登山靴も買ってしまった。いらなかった。

大人になるにつれて、昔より初めてのことに用心深くなっている気がする。多分、「大人だから迷惑をかけたくない」「若い子と違って、『初めてでよくわかりませんでしたぁ』と許してはもらえない」という謎の切羽《せっぱ》詰まった気持ちが私をそうさせているのだろう。そして家の中に荷物が増えていく。

先日高尾山で登山靴はデビューできたのだが、ゴアテックスはまだクローゼットの中で眠っている。早くこの子もデビューさせてあげたい……と思いながらパンパンのクローゼットを眺める日々なのだ。

仕事の中で思うこと

「仕事」とは、女の人生にとって何なのかな、と思うことがある。私は小説を書く仕事をしているが、会社員の友人から、よく「いいなあ」と言われる。「私の仕事は、代わりがいくらでもいるけど、沙耶香の仕事は代わりがいない仕事だから。それが羨ましい」

まったく同じ台詞を、もう何人から言われたかわからない。そして、その度に、何かを伝えなければという強烈な焦燥《しようそう》感と、それなのに言葉が見つからない無力感に襲われる。小説家にだってページを埋めるという意味では代わりはいくらでもいるし、きっと友人がしている仕事だって唯一無二な部分があるのではないかと思うのに、私はそれを上手に伝えることができない。「そんなことないよ」と小さな声で呟くことしかできない。

私は、コンビニエンスストアでアルバイトもしている。なぜか、とよく聞かれるが、理由がありすぎて簡単には説明できない。その無数の理由の一つに、「働いている同僚の姿を尊敬しているから」という思いがある。

コンビニのアルバイトは、きっと典型的な「代わりがいくらでもいる仕事」だ。誰かが辞めても、またすぐに別の誰かがやって来る。それでも、私はいつも、一緒に働く人たちの唯一無二の能力に、刺激され、励まされ、尊敬しながら働いている。私より何十歳も年上の、誰よりも声を張り上げて身体を動かしている女性。ミスは多くても、誰よりも心の籠《こも》った言葉をお客様にかけている女の子。少しサボり癖があっても、誰かが落ち込んでいると励まして、忙しい時間も苛々《いらいら》せずに職場の雰囲気を明るくしてくれる女性。どの人にも「誰よりも、この人だけが持っている」と思える一面があり、その人が辞めて何年も経ってからも、唯一無二だったその存在をふっと思い出すことがある。

私の働く時間は短いので、こんな想いは綺麗ごとにすぎないのかもしれない。件《くだん》の友人たちも、きっと凄く辛いこと、心の余裕がなくなるようなこと、しんどいこと、「仕事」の中でのいろいろな想いの積み重ねがあるのだろう。それでも、と言葉を続けたくなる気持ちと、安易にわかったような口をきいてはいけないという気持ちが混ざり合い、私は口をつぐんでしまう。でもいつか、その先に紡《つむ》げる言葉を探したい、と願っている。

パリと自意識過剰

友達とパリへ行ってきた。

物凄く楽しい旅だったのだが、帰ってきてから悶々と悩んでいることがある。それは、「パリへ行ってきた」ってちょっと嫌味じゃないか……？ということだ。

旅行へ行っている間、携帯電話で仕事のメールや友達へのLINEをちょこちょこしていたのだが、その時に友達と冗談で、「腹立つメール」を考えて遊ぶのが小さなブームになっていた。

「ボンジュール！　私は今、パリにいます☆」

「パリからの素敵な風が、貴方《あなた》にも届きますように……オルボワール♪」

「ごめんね、パリ時間で過ごしてて時差を忘れてました（笑）」

こんなくだらないことを、「わー、腹立つ！　よくそんな腹立つメール思いつくね！」と笑いながら言い合っていたのだが、その冗談を言いすぎた余波《よは》なのか、日本に帰ってきてからだんだん不安になってきた。

　バイト先にお土産《みやげ》を置いたのだが、「どこ行ってきたんですか?」と聞かれて「パリです」と答えると、「なんか、さらっと『パリです』って言うのってセレブっぽいですね」と言われてしまい、やっぱり!?と焦った。それから、「パリのお土産美味しかったですよー」と声をかけられても、「いや、私なんて本当におのぼりさんで……ホテルはポルノショップの近くで……歌舞伎町みたいで懐かしくて……」とよくわからない言い訳をしてしまうようになってしまった。

　編集さんや作家の友人などは旅行好きな人が多い（気がする）ので、「へー、パリ! どこ行ったの? 私はあの美術館が好きー」とナチュラルに対応され、妙に意識してしまった自分の自意識過剰が恥ずかしくなってしまったりする。そうだよね、パリって別に、そんな特別なことではまったくないよね……と我に返りつつ、それでも用心深く「いや、ホテルはポルノショップの近くだったんですけどね……」と口走ってしまう自分が悲しい。西加奈子さんの『舞台』ではニューヨークを意識する主人公が描かれているが、パリを意識しすぎる三十路もかなり恥ずかしい気がして反省するのに、やめられない。

　いっそ、開き直って「ボンジュール! パリの風をみんなにお届けするね☆」とお土産を配れるくらいになりたい……と切実に思う今日この頃である。

演技アラサー女子

数年前、私には「アラサー女子っぽい」ことを沢山喋ってしまっていた時期があった。

そのころ、同い年の友達にはまだ独身が多く、婚活している子も沢山いた。それぞれが不安や不満を抱えていて、私たちは会うたびに「最近どう?」「ねえねえ聞いて」と、延々とガールズトークを続けた。「独身アラサー女子特有の悩み」っぽい話をすればするほど、場は盛り上がった。自分たちは結婚できるんだろうか、今の彼氏と将来どうするのか、子供は欲しいか……まるで思春期のころ、放課後いつまでも教室に残って喋っていたときのように、私たちは「今」しか話せない話を身を乗り出して続けた。切実な悩みや自虐的な話をしているはずなのに、どこか甘え合っているような、ほっとした安心感があった。

彼女たちとそんな話をするとき、私は必要以上に「アラサー女子」っぽくなっていた。そういうキャラクターで話せば話すほどトークは盛り上がる。そうすると自分たちは共通の立場にいる存在なんだ、ということが強調できて、たまらなく甘美《かんび》な気持ちになった。

嘘をついていたわけではない。でも、これは真実ではないのではないかという想いがいつも胸をよぎっていた。記号化された「アラサー女子」に自分を当てはめて、自分の「本当の言葉」を探すことをサボっているのではないか、と漠然と感じていた。

自分の中にちょっとした寂しさや焦りを探し、それをいかにも「アラサー女子」っぽくデコレーションして相手に手渡していた。そうしていないと、私は「アラサー独身女子」の典型ですらなくなってしまう。本当は、そのことに焦っていたのかもしれなかった。

30代も半ばを迎え、私の周りには少し風変わりな友達ばかりが残った。それぞれがそれぞれの価値観で生きていて、自分の言葉をちゃんと持っている。そうなってみて初めて、あの時の自分、「アラサー女子」を演じてたなあ、と気が付いた。

自分が本当に感じている想いを、きちんと探して言語化する。大人になっても、油断すると、それをサボったり、誤魔化したりしてしまうことがある。そうすると自分の本当の想いを見失ったり、見逃したりしてしまうのだと、数年たった今、やっと気が付かされているのだ。

女の人生と化け物

20代の頃、テレビや雑誌を見ていると何か見えない大きな化け物が、「貴方はちゃんと女を頑張ってますか?」と自分に詰め寄って来ているような気持ちになることがよくあった。そして三十路も半ばになった今、化け物はこう言っている。「貴方はちゃんと女を頑張ってますか? それとも、もう女を捨てますか? どちらが『貴方らしい生き方』ですか?」。そろそろどちらかに決めたほうがいいんじゃないですか、ほらほら、と化け物は私を追い詰めてくる。

「女を捨てない」なら、今、頑張らなきゃ、と化け物は言う。ちゃんと毎日髪を巻いて、化粧をして、出会いを探して恋をして、結婚や出産も経験して、「女の幸せ」を追求しなければいけない、手抜きをしていたら手遅れになるぞ! と脅してくる。また一方で、「女を捨てる」ならそろそろだぞ、と化け物は唸《うな》る。いつまでも若作りしてババアの悪あがきだと嗤《わら》われながら生きるより、さっさと捨てて老後のために貯金でもしたほうが建設的だぞ、ほら、そんな高い美容液買ったって無駄だ、早く未練は捨てろと囁《ささや》いてくる。

　女の人生に付きまとう、この「化け物」に、私はいつも苦しめられてきた。私は、「女を捨てて る女にしては女を頑張りすぎている」し、「女を頑張ってる女にしては女を捨てすぎている」。化け物は、そんな私を優柔不断だと責め立てる。年齢を考えろ、どちらかに決めろ。そんな声が、暗闇の中から聞こえてくる。

　この不気味な化け物は膿《う》んだ自意識から発生するもので、私はこれを思春期に一度やっつけたはずなのだ。女は楽しい。女はしんどい。どちらも本当で、だから私は私のために「女」になる。化け物の言うことに耳なんか貸すかと、楽になれた時期があったはずなのだ。だが再び現れた化け物に、周りを見ろ、皆、どちらかの道をもう選び始めているじゃないか、と囁かれると、足元がぐらつきそうになる。

　結論は出ている。それなのに苦しい。私は多分一生、この「化け物」と闘い続けなくてはいけないのだと思う。

　化け物は自分の中にいる。わかっているのにいつまでも苦しみ続ける自分にうんざりしながら、けれどそうやって足掻いている自分もまた「女」で、苦しみも大切な人生の一部なのだと、自分を励まし続けている。

最後のセックス考

三十路になってしばらくしてから、友達と酒が進むと、「最後のセックス」について話すことがある。一夜の恋に「これが人生最後のセックスになるのかもしれん……」と謎の覚悟で挑《いど》んだり、恋をしなくなって数年経って「あれが自分の人生最後のセックスになるのか……？」と頭を抱えたり。結婚している友人にすら「もうしないのかなって思う」という子もいるので、パートナーがいない女性はなおさら切実に、「最後のセックス」について考えてしまったりする。

もちろん、何歳になったって恋はできる、と思ってはいる。素敵なおばあさんが真っ白な髪に赤い髪飾りをつけて、恋人と手をつないでラブホテルへ入って行く。そんな情景は、綺麗ごとや理想論ではなく、きっと誰の人生にも起こりうる、と信じている。ならいいじゃないかと思うのだが、「でも……」と、つい悶々と考えたくなってしまう。そんなことってごく一部の、リア充おばあちゃんにしか起こらないのではないだろうか。今ですら、週末引きこもって脱毛もサボってだらだらしているような女の老後に、本当にそんな素敵な恋が訪れるだろうか。

男友達と話していても、「ぶっちゃけ、よっぽど綺麗じゃない限り30代はないなー」、こないだの合コンは地獄だったよ」と笑いながら言われたり、「俺、熟女好きなんですよ～」という男の子が「30代後半になってくるとさすがにキツイですけどね。井川遥は別ですけど」と言っていたりして、「地獄はこっちだ、キツイのは私らだ……！」と酒の席で応戦してみるものの、口論で勝ってみたところで、結局「女として賞味期限切れ」と思われているという事実が撤回できるわけではないのである。

そんなことを繰り返しては、自信を失っていく。そして、「大丈夫、君は綺麗だよ……」と囁いてくれる既婚者にひっかかったりするのだ。倫理的にああだとかこうだとか言われても、カラカラに枯れてもう死ぬかという時に水筒渡されたんだからもう仕方ないよね、という友達の話につい共感してしまう。

私たちの「最後のセックス」はどんなものになるのか、それとももう終わっているのか……考えるだけで眠れなくなるこの議題は年齢を重ねるごとに日々切実になってきているのである。

産むか産まないか論

「産むか、産まないか」。最近、同世代の女性と会うといつもこの話をしている気がする。

少し前までは、私たちはこれほどタイムリミットを気にしていなかったように思う。テレビで突然「卵子は老化する」という特集をやったあの日から、皆の心の中で何かが変わった……と私は勝手に思っているのだが、本当はその前からずっと潜在的にあったのだろう。「自分の身体はいつまで産めるのか」という疑問が。そして、事実を突きつけられておたおたしているのだ。

同世代の友達や編集さんと「本当に産みたいのか」「だとしたら理由は何か」と議論しているのだが、なんとなく、その理由は大きく4つに分かれているような気がする。

「昔から子供が欲しかった」「むしろそのために結婚した」という、『昔から決めていた派』。「旦那が欲しがっているから……」「親が孫の顔見たいって言うから……」という『プレッシャー派』。「女に生まれたからには、やっぱり体験してみようと思った」「一度しかない人生だから、産んでみたい」という『体験派』。「急に老後が心配になって……」「年とって孤独死するかと思うとやっぱり子供がいたほうが……」という『老後が心配派』。

理由は1つではなく、大体この4種類の理由のうち幾つかが複雑に絡み合って身体の中でぎりぎりと痛み、「……だから最近急に、産まなきゃって思う……だって、産むならそろそろタイムリミットだから……!」と頭を抱えているのだ。

もちろん当てはまらない人もいると思うが、私の周りでは大体こんな感じで、「やっぱり産むべき?」「卵子保存?」「不妊治療?」「でも本当に欲しいのか……?」と悶々としている。

それに比べて、「産まない派」は一見簡潔だ。「相手がいねー!」「子供に興味ねー!」終わり。と見せかけて、不意に、「いや、本当にそれでいいのか……?」と夜中に一人で悶々としたりする（私がそうだ）。まだまだ、「産める身体」である間は、この悶々は続きそうだ。

お洒落なカフェで何時間でもそんな話をしている姿は、人生の先輩から見るときっと「まだまだ青い」のだろう。身体の中で、1つの可能性が終わりつつある。そのことに、若い頃に想像していた以上に切実に追い詰められている私たちなのだ。

ベテラン通勤電車

毎朝、同じ時間の電車に乗っていると、だんだんベテランになってくる。「この電車でも、猛ダッシュすればギリギリなんとか間に合う」「この車両のこのドアが一番階段に近い」。私などはこの程度だが、友達は、「この人はあの乗り換え駅で立つからこの人の前に立ってれば座れる」「しかしあのメガネのサラリーマンもこの人の席を狙《ねら》っているので要注意」など、さらにいろいろあるらしい。

あの朝の電車の中特有の「ベテラン感」って何なんだろう、と思う。私は荷物が多いので、乗り換えが多い駅で電車内の人が減ったタイミングで、先頭車両の壁際にある荷物を足元に置いて寄りかかれる場所をゲットしたい。しかしそこは人気スポットなので毎朝とれるとは限らない。首尾よく好きな場所に立てた時は、「なんか、今日はいい一日になりそうだ……」と意味もなくいい気分になる。

周りの人のこともつい見てしまう。私の乗る電車では、人がどっと降りる駅があり、そこではドア付近の人は一旦外に出るのがマナーだ。なのにドア付近でぼんやりしている人や、そわそわしながら開くドアと反対側のドアに向かって飛び出す準備をしている人を見ると、「まだまだだな……」と意味もなく上から目線で見守ってしまう。逆に、私と同じ駅で降りるらしき人が階段付近で開くドアの前でパスケースを握りしめ、走る準備をしているのを見ると、

「こいつ、やるな……！」

という気持ちになる。

あの感じって何なんだろう……そもそもギリギリに走ろうとしている時点で、単なる遅刻寸前の人で、お互い全く「やるな」ではないのだが、なんとなく好敵手を見つけたような気持ちになる。そしてドアが開き、階段の先頭をダッシュで登って行く好敵手を見ながら、「よし、やっぱり私が見込んだ男だった」と思うのだ。

「あれ、これでも間に合うんじゃない？」「これでも走れば間に合うんじゃない？」といつの間にか、最初の頃より5本くらい遅い電車に乗るようになってしまった自分を反省し、最近、たまに意味もなく早めの電車に乗るようになった。早めに行ってもすることがないので、化粧直しをしすぎて厚化粧になりながら、それはそれで謎の達成感を得ている日々である。

女の人生と愚痴

週末、久しぶりに二人きりで友達と会った。昼に待ち合わせをして終電近くまで一緒にいたが、全然時間が足りなかった。何杯もお茶を飲みながら、私たちはずっとお喋りをしていた。

お喋りの内容は他愛ないもので、友達の会社のこととか、昔の恋愛のこととか、とにかく何でも話した。私たちは話すことで、日常のいろいろな感情を昇華しているのだと思う。だから、友達と話す時間は、私にとってとても大切な時間なのだ。

長いお喋りの中で、「愚痴」の話になった。友達曰《いわ》く、「愚痴を言うなって怒られたことがある。だから最近、ストップしてた」とのことなのだが、私は、「言ってよー！むしろ言って欲しいよ！」と騒ぎ立てた。

友達が「愚痴」を言ってくれるのが、私はいつも嬉しい。友達に愚痴を言うような出来事が起きていることは嬉しくない（むしろ心配だ）が、溜め込まずに発散してくれることには感謝する。私は友達の人生のパートナーなわけではない。友達が愚痴っている出来事を、実際に行動して一緒に解決できるわけではない場合ばかりだ。会社や家庭のことは、友達が自身や、自分のパートナーと解決していくしかないことなのだ。それがもどかしいけれど、隠れて溜め込んで、体調を崩してしまうような友達を何人か見てきたので、負の感情についても言葉にしてくれることには感謝する。そして、それがいくら汚い感情でも、その汚さ込みで友達の人生を大切にしたいと思っている。

綺麗なことしか起こらない人生なんてない。人生について本音で話せば話すほど、汚い感情だって出てくる。私の友達が、「ごめんね、愚痴だけど……」と前置きをして話してくれる感情は、私にはいつも美しい。傷つきながら生きているから、傷から膿が出るのだ。その膿を、私はどうしても、汚いとは思えない。友達が懸命に生きている証拠のようにすら思う。

「汚いから」「聞くと嫌な気分になると思うから」と絶対に愚痴を言わない友達にも、同じように思う。言葉にしてくれなくても、その痛みがそこにあるということ、それを抱えながら生きているということは、知っていたい。膿を抱えて生きる友達をどうすれば言葉で抱きしめられるのだろうと思いながら、何時間も話し続けているのだ。

透けられない女

最近、ずっと「デニール」のことを考えている。

元々、私は冬をいつもタイツで過ごしていた。110デニールもしくはニットの、まるで肌が透《す》けない分厚くて温かいタイツ。それが私の冬の定番で、今まで悩むことなどなかった。しかし、今年になっていきなり、「……透けてみようかな……」という気持ちになったのだ。

なぜそんなことを急に思ったのかはわからないが、電車や街で見かける「透けている脚」が、突然魅力的に思えてきたのだ。

大体、思いつきは酔っぱらったときに実行される。ほろ酔いでコンビニに行き、50デニールのタイツを買って帰った。酔ったままそれを穿き、「……まだ透け足りない、もっと透けたい……！」と思いながら眠った。

その日以来、ずっと「デニール」のことを考え続ける日々だ。50デニールで透け足りないなら30なのか。それはもうタイツではなくストッキングではないのか、そもそも、なんで急に透けたくなったのか。何となく「色っぽい大人の女」という感じがするし、脚が細く見えるという話もある。私ももう大人の女なんだから、もっと透けていいじゃないかと、なんだか急に思ったのだ。

そういうわけで、新宿の百貨店やファッションビルをまわり、いろいろなデニールのタイツやストッキングを買ってきて、片っ端から穿いてみているのだが、何だか絶望的に似合わない。持っている洋服が、カラータイツやレギンスと合わせてきたものばかりだから、脚だけ急に艶《なま》めかしくなっても浮いてしまうのだ。脚の太さもやけに目立つ。

色気を研究しようといろいろなファッションサイトを巡《めぐ》り、最終的には男性向きの「黒ストッキング破り１００選」みたいな名前のＡＶのサンプル動画まで見てしまったが、予想外に生々しくてますます黒ストッキングが穿けなくなってしまった。

そういうわけで、今は、結局最初に買った50デニールのタイツを穿いている。けれど、「もっと私は透けられるはず……！」という奇妙なチャレンジ精神はちっとも収束しない。

どうすればナチュラルに、素敵に透けられるのか……今日も百貨店のストッキング売り場で、薄いタイツを纏ったマネキンの長い脚をぼんやりと見つめている日々なのである。

おらおら醤油炒め

「料理できる？」「得意料理は？」と聞かれたとき、アラサーの皆さまは何と答えているのだろうか。私は素直に、「いろんな醤油炒《しょうゆいた》めを作ります」と答えている。「醤油……？」と聞き返された場合は、「キャベツを醤油で炒めたり、チンゲン菜を醤油で炒めたり、豚肉を醤油で炒めます」と詳しく説明する。「醤油で大根を煮る場合もあります」と好感度アップを図ることもあるが、大抵「はいわかりました、もういいです」と話は終わる。

女の手料理の好き嫌いは、最初に料理を（頻繁に）作ることになった相手による……ような気がしている。私の場合は大学生のころ、当時付き合っていた年上の彼氏の家に毎日通って朝食と晩ご飯を作っていたのだが、それが本当にしんどかった。

彼曰く、「とにかく白いエプロンを着て、毎日台所に立っていて欲しい。作ってくれれば何でもいい。そして俺が寝ている間そばにいて、優しくほっぺたにキスをして起こして欲しい。そして俺が目を覚ました時に、テーブルの上にほかほかのご飯ができていて欲しい」とのことで、私はそれをやけっぱちのような感じですべて実践していた。白いエプロンを身に着け、「おらおら、今日も醬油炒めだよ！　これで満足だろ！」と粗っぽい料理を作り、「料理は作った人が洗い物までやるべきだよね。俺が作るときは洗い物まで全部やるから普段は君がやるべきだよね」という彼の言い分も全部受け入れ、「おらおら、これで満足なんだろ⁉」と彼に背を向けて、一緒に食事をせずに一人で洗い物をやっていた。

という自分の心情はすべて後から気が付いたもので、当時の私は彼の言っていることに対する、「白いエプロンとは……？」という違和感や、「毎日電車に乗って通って料理してるんだから、洗い物くらい手伝って欲しい」という不満には、別れるまで気が付かなかった。きちんと彼と向き合わないまま、言いなりになっていた。私は卑怯だった。

彼と付き合うまでは、ハンバーグとかシチューとか、簡単でも心のこもった手料理を恋人に作って、にこにこ笑って二人で食べていたと思う。けれど、私はすっかりぐれてしまい、しかも自分がぐれていることに無自覚だった。そのとき毎日作り続けた醬油炒めが、今でも私を呪《のろ》っている……ような気がする。

おろおろインターネット

友達から頻繁にメールが来るほうではないので、カフェなどで暇なとき、ついつい携帯でインターネットをしてしまう。最近は、女性限定の質問サイトをよく見ている。というのは、凄く怖いのだ。怖すぎて見てしまう。

元々はヤフーの知恵袋などをよく見ていた。誰かが「結婚式で淡いベージュのストールを巻こうと思うのですが……真っ白ではないので大丈夫ですよね？」などと言おうものなら、「どうしてそんなに非常識なんですか？」「恥をかいてもいいなら着て行けばいいんじゃないですか？」と一斉に叩かれており、見ているだけの私まで「そんなキツい言い方しなくても……」とおろおろしてしまう。「書き込む」という行為はしたことがないので、ただ読んでおろおろするだけなのだ。

女性だけの質問サイトはさらにキツく、「ママ友のお家に遊びに行くのに、そんな安いお菓子を持って行って平気だなんて信じられません」「は？　そんな服装で授業参観？　正気ですか？」「え、バーベキューにそれしか食材を持って行かなかったんですか……？　私ならそんな人は二度と呼びませんけど」などと、質問者も回答者もとにかくキレている人が多く（もちろんそうではないページも沢山あるのだが）、殺伐《さつばつ》とした雰囲気に「どうしよう、どうしよう」とおろおろしながらいつまでも読んでしまう。

思えば、思春期のころ、放課後お菓子を食べながら、いきなり皆がその場にいない誰かの悪口を言い始めた……などというときも、私のリアクションは「おろおろする」であった。あの時、こんな苦しい場所にはもういたくないとあんなに思ったのに、一体なぜ、わざわざそんなサイトにアクセスしてまで「おろおろ感」を再び味わっているのだろう、と自分でも思う。

別におろおろするのが楽しいわけではないのだが、記憶中枢《ちゅうすう》に刻まれた古傷が刺激されるような、独特の生々しさがある。思春期特有の暗い痛みが再発するような独特の感覚。その痛み、私の中の思春期の私を揺さぶって、なぜかやめられない。その生々しい痛みを「乗り越えた自分」を発見したいのかもしれない。けれどいつまでたってもそれは見つからなくて、今の私はただおろおろしていた昔の自分と再会するだけなのである。

三十路の水着考

友達と、シンガポールに旅行に行ってきた。旅行のことを思い出すと10年間くらい笑い続けていられそうな楽しい旅行だったのだが、行く前の準備は大変だった。何しろ、10年ぶりくらいに水着になるのだ。緊張しながら新宿に新しいものを買いに行った。季節外れでも水着を売っている場所はけっこうあり、結局丸井の隅っこにある小さな売場で試着した。

まずは、ひと目で気に入った、紺色の花柄のビキニを着た。昔は、小さな胸のことを考えながら水着を選んでいたのだが、今はとにかくお腹だ。その水着に付いているスカートは下腹はカバーしてくれたが、腹筋が一回もできない私のふくよかなウェストまではカバーできなかった。

様子を見に来た店員さんに小声で相談した。

「ごめんなさい、あの、お腹が……お腹が……。あちらのキャミソールが付いているタイプも試してみていいですか……？」

店員さんは力強く頷《うなず》いた。「こちらですね！　やっぱりカバーするものがあると、安心しますよね～！」。そうか、営業トークでも「えー、海外だったらこれくらい大丈夫ですよー！」って言ってくれないのか……と思いながらそちらも試着した。散々悩んだ挙句、終いにはどうでもよくなり、やけっぱちで2着買ってしまった。

……という酷い無駄遣いをしたことを隠しながら、旅行前にいろんな人に水着の相談をしたところ、「わかります。私は20代のころから、洋服のような水着しか着たことないです」という人もいれば、「なに言ってるのよー、海外では大胆に行かないとかえって恥ずかしいよ！　ビキニ着ろよ！　腹を出せよ！」と叱られることもあり、ますます混乱したまま旅行へ行った。

結論としては、シンガポールではなぜか3回も泳ぐことになったので、結局水着は無駄にならなかった（たぶん）。段々と野性に帰っていくような気持ちになり、どんどん大胆になり、最終的にはビキニで猛烈に泳ぎ続けた。

あ、泳ぐことは「野性に帰る」ことなんだ！　だからこれでいいんだ！　裸じゃなければいいんだ！　とその時思ったのだが、女子力とかの前に人間として何か間違えてしまったのかもしれないと、水着を畳《たた》みながらぼんやり思い返している。

セクハラしたくない問題

最近、ふっと不安になることがある。私だけでなく、周りの同世代の友人も同様に不安に感じていること。それは「自分が今、セクハラしてるんじゃないのか……」という今まで経験したことがない不安感である。

例えば友達同士の飲み会で、一人のアラサー女性が年下のちょっと気になる男の子の話をしていたとき。

「俺はそれ、脈あると思うよー！　大丈夫だって！　男はスキンシップに弱いからさ、やってみなよ！　いけいけ！」

「えーそうかな？　がんばっちゃおうかな？」

そう言って頬を染めていた女性が、はっと急に真顔になり低い声で呟く。

「……いや、でもその恋愛マニュアル、年齢制限ありますよね？　私の年齢で彼にやったらセクハラになりません？　本当に大丈夫ですか……？」

または、アラサー女性と、彼女の好きな若い男性アイドルとハイタッチができる会に誘ってもらい、一緒に行ったとき。

「いやー、最近のアイドルは本当に会えるアイドルなんですねー！」

「そうなんですよー！　今日は特に近かったし、話せたし楽しかったー！」

しかし、私はつい小さい声で呟いてしまう。

「あの……10代の子とハイタッチするのって、どんな感じですか？　難しくないですか……？　あの、自分で考えたとき、万が一セクハラになったらと思うと……」

するとその女性もその場に崩れ落ちた。

「そうなんですよ……楽しいんですけれどそれが不安で……だから嫌な気持ちにさせないように、さっと手を引くようにしてるんですよ。年配の女性から性的な目で見られたことが彼のトラウマになってしまったらって心配で……！」

当然のようにセクハラ「される」側であったはずの私たちが、いつの間にか「してるかもしれない側」になっている。人間としては強い立場になってしまい、そして女としては何かを失った。振られるのはいい、アイドルにハマって浪費するのもいい、でも「セクハラしてる女」になるのは……それだけは嫌だ！

何かそういう強い想いがあり、物凄く弱気になってしまう。無邪気にアイドルの手を握っている女子高生が眩しい……微妙なお年頃になりつつあるのである。

初めてのホストクラブ

他の作家さんの取材になぜかご一緒させてもらうことになり、ホストクラブへ行ってきた。

私は歌舞伎町のコンビニでバイトをしていたので、「お客さま」としてのホストを相手に接客していた。ホストのお客さまのほとんどがお酒が入っていたので、バイトの男の子が殴られたり、お金を投げつけられたり、ふざけて抱きつかれたり、かと思えばトイレの中で下半身を出して寝ていたり、ふと外を見ると店のゴミ箱で殴り合っていたり、「ホスト＝ちょっと怖いお客さま」というイメージが強かった。

その印象しかなかったので、逆に自分が客になってホストクラブに行ったらどういう感じなのだろうと少し緊張した。意外と楽しくてハマったらどうする⁉　と友達に言われ、本当にそうなったら困るなあと思いながら出かけた。しかしまったくそんなことはなかった。人見知りなので相手に迷惑をかけてはいけないと、必死に心を閉ざさないように努力して喋り続け、とてつもなく疲弊してしまった。

初回なので、テーブルにいろんな人が現れては、ギラギラした特殊な名刺を置いて、「ヒュー！　黒髪ぃ！　清純派ー！　イエーイ」という内容のない会話をして去っていく。10人目を超えたころには、何が何だかわけがわからなくなり、愛想笑いの限界を迎えながらひたすら焼酎のレモンティー割りを飲み続けていた。「さやかちゃんの初めてが欲しい！　初めての指名が欲しいなー！　ヒュー！」と言われながら物凄く顔を近づけられたり、「壁ドンが流行ってるからこういうの好きでしょ？」という感じで異様に顔を近づけられたり、とにかく顔が近かったのが印象的だった。

そのせいか、家に帰っても目を閉じるとカラコンを付け化粧で立体的になったホストたちの顔がちらつき、なかなか眠れなかった。どうせ疑似恋愛をするなら友達が貸してくれた「ときめきメモリアル」のほうが楽しそうだ……と思ってしまう私には、あまりホスト遊びの才能はないようだった。

じっくり考えてみたが、「歌舞伎町の美容師さんは毎日、あの異様な髪形をセットしているのか……楽しそうだな」という結論しか出なかったので、いつか、歌舞伎町の美容室に行って、不可解なほど髪を巻いたりしてみたいな、と少し思っている。

おひとりさま上級者

一人で行きたいところがある。

行けばいいのだが、何となく一人で行くのにはハードルが高い気がして、躊躇してしまう。

それが、「海水浴」だ。

夏になると、いつも「一人で海水浴に行ってみようかな……」と思う。

友達に相談すると、「それはかなりのおひとりさま上級者だね……」と深刻な表情で告げられた。友達は、「私は、一人で焼き肉が食べたいんだよね……。これもなかなか難しくて」と打ち明けてくれた。

「わかるよ、私もお好み焼きが一人で食べたい時があるけど、難しいよ」

「お好み焼きもレベル高いよね。いや、でも海水浴は超ハイレベルだよ。それができたら、大抵のことは一人で大丈夫だよ」

そう言われるとかえってやってみたくなってしまうのだが、実際にやってみようとすると、「貴重品はどうすればいいのかな？　海の家ってどういうシステムだっけ？」と不安になってきて、なかなか実行に踏み切れない。

そもそもレベルって何なのか、という話なのだが、おひとりさまの話になると、カフェやラーメンは初心者向け、旅行や遊園地は上級者、などという「レベル」が何となくあって、「レベルが高いことができると、すごい」みたいな雰囲気になることが多い。といってもそのレベルも曖昧で個人差があり、「旅行は全然平気だけど、カフェは駄目」とか、「遊園地にも一人で行けるけど、映画は怖くて行けないんだよねー……」とか、「えっ、何で⁉」と思ってしまうことが度々あるのだが。

とにかく私の中のおひとりさま検定の苦手科目が「海水浴」なのである。旅行のほうが、まだ大丈夫な気がする。

三十路・独身になると、おひとりさまで行ける場所もどんどん広がっていく。あんなにハードルが高かったバーも、最近はけっこう平気になってきた。今まで一人が難しかった場所に行けるようになると、「やったー、大人になった！」という謎の達成感がある。1コ下の女性も、「ついに一人で海外旅行に行きました」と楽しそうに報告してくれた。その達成感、今年の夏は味わっているかもしれないし、「一人じゃちょっと……」ともじもじしている今の自分の初々しさを、もう少しだけ味わっていたいような気もしている。

店員として処女

私は最近コンビニで、「自分が扱いづらい女なのではないか……」と微妙な悩みを抱えながら働いている。というのは、私は今の店に勤めてもう5年、前の店も数えるともっと長い。しかも三十路。こういう人って扱いづらくないですか？　大丈夫ですか？　と悩んでしまうのだ。

私が女子大生の時、その時働いていたコンビニに、30代後半の女性が新人として入ってきたことがあった。私はその、年齢的にはかなり年上の女性に、バイトでは先輩としていろいろ教えなくてはいけなかった。

しかし、それがとても大変だった。女性は「人生の先輩としても、仕事の能力としても、あたしが上」という態度を決して崩さなかった。私は大して仕事ができるバイトではなかったのでそれは間違いではないのかもしれないが、説明の途中で「あーわかったわかった、こういう感じね！」と中断されてしまったり、「ごめんなさい、これはこういう風にしてもらえますか？　お店の決まりなので……」と注意しても、「えー、こうしたほうがよくない？」と聞いてもらえなかったり、「私、他の店から誘われてるんだよね。もっといい時給で雇《やと》うよって言われてるんだよね。どうしようかなー」と相談されてしまったり、とにかく扱いが難しかった。

なので私は、ちゃんとプライドや前の職場でもらっていた立場を捨てながら働ける人になろうといつも心がけていた。いくらベテラン扱いされていても、新しい店長が来たら、前と違うことを教えられようと、経験と異なる指示が出されようと、「はい！」と素直に言うことを聞く。例えが悪いが、「どの店でも、店員としてちゃんと処女でいよう」とその時思ったのだった。

しかし、今、私は「お箸《はし》を発注しすぎる」という病気にかかってしまい、店長に超怒られている。わかってる、わかってるのだが、「お客さまに配るお箸がない！」という経験を何度もしてしまった身では、どうしても不安になって多めにお箸を注文してしまうのだ。そしてバックルームが箸で爆発している。本当に申し訳ないが、身体が覚えているのだ。処女になれないのである。店長の命令より自分の「経験」に従ってしまう。これが「扱いづらい女」への一歩だと知っていながら、ついついそこへ踏み込んでしまうのだ。

大人の肌とチクチクニット

年々、「チクチク」に弱くなってきている。

去年のお気に入りのニットが、今年はチクチクして着られないのは一体なぜだろう。捨てるに捨てられず、部屋に「いつか肌が元気になったら着られるかもしれないニット」コーナーまでできてしまった。老化で肌が弱くなってきているだけなので再びそのコーナーのニットを着る日は来ないとわかってはいるのだが、たまにチャレンジしてみては、「お……いける？　やっぱり駄目だあ！」と脱ぎ捨てている。

新しい服が欲しいな、とファッションビルをうろうろしてみても、考えるのは「チクチク」のことばかりだ。「あ、かわいい！」というニットに近づき、手で触れて、「駄目だ……このチクチクは着こなせない……」と渋い顔をして離れて行く侘しいウィンドーショッピングだ。

試着をしても、似合うかどうかより、「チクチク感」がないかどうかに夢中だ。

「これ、タグがチクチクしてるだけ？　タグ取ればいける？　下にヒートテック着たら大丈夫なレベルのチクチク？」

とやっているうちに、店員さんが呑気に「お客さま、どうですか？　こちらのカーディガンと合わせてみても素敵ですよお」などと言いながら猛烈にチクチクしたニットを持ってやって来る。

何でこの色とデザインで洋服を作った……？　と問いただしたくなるような酷くダサいニットなのに、チクチクしないというだけで、「これは買いなんじゃ……？」と思ってしまう自分が悲しい。とにかく、「チクチク」に振り回されているのだ。

同世代の友達も皆、「とにかくウールが１％でも入ってたらダメなの。ウールがないやつ探して！」と必死にタグを裏返して見て回ったり、「タグを全部ハサミで切ったら穴あけちゃったよ。まだ一回も着てないのに……」と絶望していたりする。私たちの肌はどんどん変化していっているのだろう。

友達と会議の結果、「肌が老化してチクチクに弱くなってきている」ではなく、「肌が贅沢《ぜいたく》になってきている」という言い方をして、せめて前向きでいようということになった。「肌が贅沢になっちゃって、カシミヤ１００％しか着れないのよねー」と無理矢理自分を慰《なぐさ》めつつ、チクチクと戦って試着室の中で右往左往《うおうさおう》する日々なのである。

女の色彩学

「好きな洋服の色は何？」

この質問に、子供のころはいつも「黒」と答えていた。大学生になって色気づいてからは、「白」と「ピンク」、それから「ベージュ」ばかりを着るようになり、最近はずっと「グレー」が好きだった。

年齢を重ねるごとに、大人になった自分に似合う色を選ぶようになっていたつもりだった。黒や紺は「顔色が悪く見える」という理由で選ばなくなり、白やピンクは「年齢的に恥ずかしいから」と遠ざけてしまった。そして、もう二度と手に取ることはないだろうと思っていた。けれど、最近、「また白が気になる」とか、「どうしても紺が気になる」という事態に陥っている。

年を重ねて、着ることができる色が減ってきた、という友達がいる。例えばピンク。「もうこれは無理」と、20代後半でピンクの洋服を全部処分した友達もいる。私は「いいじゃん、何歳になっても好きな色を着れば」などと言っていたが、いつだったかサーモンがかったオレンジ服を着ている時、「今日はピンクですねー」と言われ、「いや、よく見てくださいよ！　オレンジですよ！　ほら、こっちの蛍光灯の下でよく見て！」と必死に弁明している自分を発見し、呆然としたことがある。「ピンクを着ている女性」を見ても何とも思わないのに、自分がピンクを着るときには自意識が発動し、「年甲斐もなくピンクを着ている痛い女」にはなりたくない、と思ってしまうのか……と暗い気持ちになったものだった。

　ピンクと同じ理由で、ずっと「白」を避けてきた。けれど今、三十路になっていい感じに肌が衰えてきた私だからこそ、「大人の白」を着ることができるんじゃないか。突然そういう思いに取り憑かれ、夜中のテンションで、真っ白な大判のストールを買ってしまった。ちゃんと「大人の白」が着こなせているのか、それとも「若作りの痛い女」になってしまっているのか……自意識と葛藤しながら、けれどまるで初めてその色に出会うような気持ちで、真っ白なストールを巻いて歩いている。若いころ着ていた色を、今度は違う理由で選び直す。そんなこともあるのだな、としみじみ思う。

　そしてついさっき、紺色のストールを注文した。若いころ諦めたこの色を、現在の私がどんな風に身に纏うのか、すこし緊張しながら、その色彩との再会を待ちわびている。

大人の習いごと

子供のころは塾やピアノが大嫌いだったのに、大人になると習い事がしたくなる。友達も、フラダンスにハマったりヘアメイクの学校に通ったり料理教室へ行ったり、それぞれ思い思いの「学びたいこと」を発見して充実してると話してくれる。

私も一念発起して、英会話を習い始めた。無料体験を申し込み、そのまま入会金と授業料を払って、今は次に待ち構える初授業のために予習をしている。

それにしても、無料体験での私の英会話の酷さは尋常ではなかった。英会話学校を紹介してくれた作家の友達は、「どんな小説書いているの？　って必ず聞かれるから、考えておいたほうがいいよ」と教えてくれたが、早速その洗礼にあった。

「どんな小説を書いているんだい？」とジョージ先生（仮名）に聞かれた私は、「トテモ……カワッタ……ハナシ……」と酷いカタコトの英語で答えた。

ジョージが笑って、「それってどんな話？」と言うので、「10人産むと1人殺していい、という法律がある世界のお話です」と答えたかったのだが上手く言えず、「コロス……ヒトリ……ウム……ジュウニン……」と英単語をカタコトで並べたら恐ろしい殺害予告みたいになってしまい、ジョージも「え!?　え!?」と何度も聞き返し、無料体験教室のほとんどがその話で終わってしまった。

　やっと意味が通じて、「どんなとき小説のアイデアが浮かぶの?」と聞かれたので、「オンガク……キイテルトキ……」と答えた。「どんなアーティストを聴いてるの?」と言われ、海外の人でも知ってるアーティストがいいかなと思って「……キャリーパミュパミュ……」と答えると、「それ聴いててその話思いついてんの!?」とジョージが早口でしばらくツッコミを入れてくれたが、ジョージのテンションが若干上がりすぎてよく聞き取れなかった。「センキュー（ツッコんでくれてありがとう、の意）」とだけ必死に伝えると、ジョージは戸惑いながらも「ウェルカム!」と笑ってくれた。

　そんなこんなで、この先大丈夫なのか心底心配なのだが、こんな拙《つたな》い内容なのに物凄く楽しかった。大人になってからのほうが学ぶのは楽しい。しみじみそう思いながら、体験教室の惨劇は繰り返すまいと、必死に予習をする日々なのである。

電車と膝枕

電車の中で皆様は、前後に揺れるだろうか、左右に揺れるだろうか。若いころ、私は眠ると左右に揺れていた。しかし年齢を重ね、今は前後に揺れるようになった。この揺れ方だと後ろの窓ガラスに頭をぶつけるのだが、これは、「誰にも寄りかからないぞ」という内面の表れではないか……と勝手に思っている。

というのも、そう思うような出来事があったのだ。受験生のころ、私はよく電車の中で寝ていた。隣の人にうっかり寄りかかってしまい、最寄り駅で目を覚まして「ごめんなさい！」と謝ることも度々だった。

しかしある日、よほど疲れていたのか、目を覚まして（ここ、どこだろう……）と辺りを見回すと、いきなり視界に顎とネクタイが入ってきてパニックになったことがある。私は知らないおじさんの膝枕で寝ていたのだ。

飛び起きて優しいおじさんに何度も謝罪した。寄りかかるのも迷惑なのに、膝枕とは……と絶望したのをよく覚えている。

それでも、懲りずに私は左右に揺れて寝ていた。しばらくたったある日、横のサラリーマンが私に寄りかかってきた。お互い様だと思ってそのままにしていると、だんだんとサラリーマンの揺れが激しくなり、やがて彼の頭が私の膝の上に乗った。なるほど、と私は思った。あのとき、私はこんな感じでおじさんの膝枕で寝ていたのか。ならば、おじさんが私にくれた親切を今、彼に返そう、と私は思った。サラリーマンはかなり深く眠ってしまい、太腿がとても重かったが、あのおじさんも私のこんな重みに耐えてくれていたのだ……と感動しながら、優しさの連鎖を起こそう、と私も無言で耐えた。やがて最寄り駅に着き、「すみません、降ります」とサラリーマンを揺すると、辺りがざわっとした。どうやら、私とサラリーマンは電車の中でイチャイチャするバカップルだと思われていたらしく、それが赤の他人だと発覚したことで、電車の中が一瞬ざわめいたのだ。

私は急いで降りてしまったが、取り残された男性には冷たい視線が注がれていた。それを見て、ああ、左右に揺れるのは止めよう。と強く思ったのだ。「優しさの連鎖」と思って耐えた膝枕が、こんな悲しい結末を生むのなら、前後に揺れるしかない。その思いが、今の前後揺れに繋がっているのだ……と思う。

ストール無間地獄

女には、一つは、「一体私はなぜ、これをこんなに買ってしまうんだろう……」というものがあると思う。

私と同い年の女性編集者さんは、「私は靴ですね」という。素敵な靴を買いすぎて、「あんた……ムカデじゃないんだから」と母に言われたそうだ。お前の前世で一体何があったんだというくらいネックレスを買い続けている女性もいれば、ボーナスが入ると必ずバッグを買ってしまうという女性もいる。

そして私は、ストールに呪われている。自分でも馬鹿なんじゃないかというくらい、大量にストールを持っている。

買ったストールを使って活用しているのならまだいいのだが、「これはもったいないから……」と寝かせてあるものが何枚もある。ワインじゃあるまいし、ストールを寝かせても皺だらけになっていくだけだというのに、何だかもったいなくて眺めているだけだったりするのだ。

そんな自分を反省して、次の春から「寝かせてある」ストールをどんどん巻いていく計画を立てているのだが、それが意外と難易度が高い。以前ネットで「オタクの女性は似合うかどうかよりその服単体に萌《も》えるかどうかで服を買ってしまう」と書いてあるのを読んだことがあるが、私にもそんなところがある。似合う似合わないではなく、「なんか、興奮した」という理由で買ったストールが大量に出てきて頭を抱えている。地引《じびき》網《あみ》に大量のヒトデがかかっている、というデザインのストールをどうやって着こなせばいいのか、過去の自分を問い詰めたい。ピンクの象のストールと紺の象のストールを色違いで揃えたのはなぜなのだと、フラミンゴ柄のストールで自分の首を絞《し》め上げたい。

大体、この手のものを買ってしまうのは季節の変わり目で、「春が来た！　何でもいいから何かを買いたい！」と買うこと自体を目的にフラフラ買い物に行ってしまったときだ。目的はないのに物欲が暴れていて、その欲望を満たすためにストールを買ってしまう。その結果、クローゼットの中で地引網のストールが眠る羽目になるのだ。

10年くらい反省しているのに直らないこの悪癖《あくへき》……この春、いくら恥ずかしくてもこれらのストールを首にぐるぐる巻いて街を闊歩《かっぽ》し、徹底的に過去の自分を戒《いまし》めようと思っている。……

走るおばさん

今日、おばさんが走って来てくれた。

自分ももうおばさんな年齢なのだがそれはさておき、何かトラブルがあったとき、「走って来てくれる人」はいつもおばさんな気がする。

今日何があったかというと、マンションの階段を踏み外し、思ったよりダイナミックに転んでしまい、3階から2階まで、『蒲田行進曲』で見たことがあるような感じでごろごろと転がってしまったのだ。階段で転んだことはあるが、転がったのは初めてなので呆然としていると、ダダダダダ！　と足音がした。

顔をあげると、おばさんが走って来てくれていた。

「あんた！　ちょっと大丈夫⁉　怪我はない⁉」

「あ……はい……へへへ……」

ちょっと恥ずかしくて笑って誤魔化している私に、「手は大丈夫⁉　足は大丈夫⁉」

と全身を確認してくれた。

「すみません、大丈夫です」

と照れ笑いしながら、何だかとても懐かしい気持ちになった。

そういえば昔から、何かあったときに走って来てくれるのは、いつもおばさんだった。例えば、渋谷のCDショップで、透明なガラス扉に激突したとき。いきなりサンダルから泡が出てきて靴が崩壊し、裸足《はだし》で市ヶ谷を歩いているとき。なぜかわからないがカラスに襲われて逃げ惑っているとき。

私に何か異変が起きたとき、走って来て、「どうしたの⁉」と言ってくれるのは、いつもおばさんだった。

私はいつも、ちょっと照れながら「大丈夫です」と笑っていた。そして、いつか私も、「走って行く側」の人になるのかな、と思っていた。

けれど、今、私はまだ走っていない。街中で転んでいる人を見ても、照れくさそうに立ち上がって再び歩きだしていくのを少し心配して見届けるだけだ。あの、「照れくさいけど、あったかい気持ち」を誰かにちゃんと与えたことが、まだない。

「ちゃんとおばさんする」ことの難しさについて、このエッセイで書いたこともあるが、こんなときは、「ちゃんとおばさんになりたいなあ」と思う。次に、転んだり困ったりしている人を見かけたら、ちゃんと走って行こう。擦《す》り剝《む》けた膝小僧に絆創膏《ばんそうこう》を貼りながら、そんなことを決心している。

大人の女が靴を買うとき

靴を2足買った。

といっても、勢いで買ったわけではない。今持っているパンプスが、ある日いっぺんに入らなくなったのだ。足が浮腫《むく》んでいるのかとマッサージしてみたり、ストッキングを穿いてみたりしたのだが、入らない。ブーツは入るので毎日それを履いているが、パンプスが必要なときもある。というわけで、取り急ぎ、セールで安くなっているものを2足揃えたのだ。

しかし、なぜ足がいきなり入らなくなったのだろうか。太ると足も大きくなると聞いたことがあるが、体重計の数字はそんなに変わっていない。

インターネットで検索すると、「大人になると、加齢によって偏平足《へんぺいそく》になります。よって、靴がきつくなります」という、きついのはお前だよ……！　と言いたくなる悲しいページを見つけてしまった。子供のころからの偏平足ならいいけれど、「加齢により、土踏まずの部分を維持できなくなります。よって、偏平足になります」と言われると、何か悲しい。年齢を重ねると、思いがけない身体の変化が訪れるというが、土踏まずがなくなるとは思わなかった。

そういうわけで、ベージュと紺色のパンプスを急いで買ったのだが、デパートの店員さんが、ありえないほど小さなサイズを強要してくる。シンデレラの意地悪な姉に、「入るって！　入るって！」とガラスの靴を強要している母親のようだ。

3歩歩いても「痛たたた……」となるようなサイズなのに、「革ですからね。馴染んできますから。どんどん伸びますから」と、一歩もひかない。

しかしここで負けてはいけないと、「違うんです……今日の私は、本当の私じゃないんです。私……日によって、ものすごく足のサイズが違うんです。理由はわかんないんですけど……多分、明日は全然違うと思います」と深刻に告げると、「そう……なんですか」とやっと折れてくれ、「じゃあ、しょうがないですね……お好きなサイズを……」と目を逸《そ》らしてくれたので、無事にぴったり合うサイズの靴を手に入れることができた。

というわけで、今、部屋の中には新しい靴が2足並んでいる。加齢で偏平足になった私のための新品の靴。ときめくような、ちょっと寂しいような、奇妙な気持ちでそれを見つめている。

大人の病院探し

病院を探すのは難しい。

子供の頃は、地方都市に住んでいたので、病院の選択肢などほとんどなかった。内科ならあそこ、歯医者はあそこ、と決まっていて、その先生の診療に従うしかなかった。けれど東京は凄い。ちょっとものもらいが治らないなあ……と眼医者を検索するとごっそり出てきて、どこがいい病院なのかさっぱりわからない。結局、「なんか、ホームページがお洒落だったから……」という医療とまったく関係ない理由で変な病院に行ってしまい、後悔することもたびたびだ。

蕁麻疹《じんましん》ができて皮膚科に行ったらカフェのようなお洒落な病院で、美容系の相談以外は受け付けてないんですけど……?という雰囲気の中、ひやひやしながら診療を受けたこともある。かなり濃いめの化粧の女性が髪をかき上げながら、ちらっと腕を見て、面倒そうに言った。

「あー、これは薬疹だよ薬疹。ほら、あなた他の病院で胃薬もらってるでしょ？　それそれ。だからそっちの病院行ってくださーい」

「あの、でもこの胃薬は、ずっと飲んでいて……」

「はいはい、急になることもあるから。はい、次のひとー！」

私は悲しい気持ちになった。美容専門ならどこかに書いておいてほしい。蕁麻疹の私のことも大切にしてほしい……と、とぼとぼ帰ったのを覚えている。

近いのが一番かな、と思って行った近所の耳鼻科では、

「あ、あなたー！　この患者さんの保険証、失くしちゃった！　村田さんごめんなさいねえ！」

「わははははは！　失くしたってお前！　わはははは！　いやいやごめんなさい、わはは！」

と爆笑しながらお医者さんが奥さんと保険証を探しつづける姿を、1時間ほど呆然と眺めていたこともある（最終的に私が自力で見つけた）。眼科でコンタクトレンズが医者の手から飛んでいき、そのまま行方不明になり、「ごめんごめん」とやっぱり笑われたこともあれば、すごくお洒落な歯医者で、「それで、君のビジョンは何なの？　ビジョンがないと、歯医者としては何もできないから。まずそれを示してくれない？」とい

きなり高度な質問をされておろおろしたこともある。

病院は怖い。行くまでその病院のスタンスも、医者の人柄も、まったくわからない。それでも行くしかないから、大人の病院探しは悩ましいのである。

夜遊びの想い出

この年齢になると、「昔は遊んだなー」という話になることがたまにある。特に、結婚して主婦になった友達は、「昔は朝までクラブで遊んだなあ。たまには行きたいなー」と懐かしそうにしていたりする。

そういうときに話すといつも驚かれるのだが、私は過去に3回ほど、「クラブ」なるものへ行ったことがある。

私自身は、好きな音楽は部屋の隅で蹲《うずくま》って聴きたいほうなので、「今日は踊ろう！」という気分になることはあまりないのだが、とてもクラブが好きでハマっている友達がいて、何回か連れて行ってもらった。

最初に行ったときは、クラブの中で昔のディスコを舞台にした小説を読もうと、文庫本を1冊持って行った。その時点で、クラブをあんまり理解していない感じがする。実際に行くと「クラブ」は暗いし騒々しいし、とてもじゃないが読書をできるような環境ではなかった。

そのときは「ここが……ディスコというものか……」と思いながら、ずっと隅っこで酒を飲んでいた。友達は、「ちょっと踊ってくる！」と人混みに消えて行き、汗だくになって戻ってきて喉を潤《うるお》し、また踊りに行く、というのを繰り返していた。海水浴みたいで、とても楽しそうだと思ったのをよく覚えている。

私はコインロッカーの中にある文庫本を思い浮かべながら、色とりどりの光に照らされている人たちの顔を眺めていた。皆、自分を「解放」していた。それを見ているのはなんとなく嬉しかった。けれど、自分では上手にできなかった。

なぜか私が行ったときは3回ともお笑い芸人さんがイベントをやっていて、物真似やトークを聴いた。私はお笑いが好きなのでそれも楽しかったが、「普段はいないよ。沙耶香が来るときだけ、なんだかいるんだよ。多分、沙耶香が寂しがらないように来てくれたんだよ」と友達に言われて、なんとなく温かい気持ちになったのを覚えている。

若い頃より今のほうが朝まで飲んだりしているような気がするので、「昔は遊んだなあ」とはあまり思わないのだが、文庫本を思い浮かべて光の中をぼんやり立っていたあの日のことを思い出すと、若かったなあ、と思う。そういう想い出が増えていくのも、歳をとる楽しみの一つなのかもしれないと思う。

産むか産まないか論　その二

「産むか産まないか」。この問題が、エッセイを書いた当時より、どんどん、どんどん、切実になってきている。

この一年の中で、同年代の女性と、「とにかく、とことん話す」という機会が何度かあった。お酒を飲んだりしながらいろんな内情を吐露《とろ》しているうちに、いつの間にかこの問題に辿《たど》りついていることが、とても多い。

「産む人生を選ぶなら、そろそろタイムリミット……ずっと、自然に任せればいいと思ってきたけど、ぎりぎりになって、これでいいのかなって思うようになったんです。眠れなくて、いつもそのことばかり考えてます」

という女性もいれば、

「今の夫は子供が作れない、欲しいなら別れなくちゃならないんです」

と悩んでいる女性もいた。一方で、

「妊娠してしまった……。いざとなると自信がないけれど、最後のチャンスだと思うし、もう後戻りできないんです。でも、この子供に、きっと人生の大半の時間を奪われていくのだと思う。今から、そのことを後悔してしまわないか、とても怖いです」

と言っている女性もいた。

産むか、産まないか。そのことは、本当に大きな決断だと思う。一方で、そのことにあまりに苦しんでいる人たちに、何かできることはないだろうか、といつも悩んでしまう。

でも、どうしても、上手な言葉を見つけることができない。上手な言葉を探そうとなどしている時点で、駄目なのだと思う。例えば、皆が、「本当は産みたくないのに、世界に『産まなくては』と『思わされて』いる」、というならば、話は簡単だ。けれど、そうではない。そういう場合もあるかもしれないが、そうとは限らない。そして、何が真実かは、本人にしかわからない。いや、本人にも永遠にわからない場合もある。「産んだら変わった」という場合もあるし、「何でだかわからないけれど、急に吹っ切れた」という人もいる。身体中で体当たりして、皆、それぞれの「真実」を手に入れていく。

私自身も、そろそろ「産まない、というより産めないかもしれない」年齢に近付いてきた。私は、「どうしても産まなければいけない状況になったら考えよう。でも、とりあえずいいや」というぼんやりとした考え方だけで、ここまで来てしまった。元々、特に「子供が欲しい！」という願望があるわけではないので、周りが妊娠をしてもそんなに焦ることもなかった。そんな私ですら、たまに、これでいいのかな、と考えてしまう。私が「真実」を見つけるのはいつになるのかわからないが、とにかく、悩んで考えて、身体で、「産まないこと」、あるいは「産むこと」を、体当たりで知っていくしかないのだと思う。今はそんな言葉しか見つからず、けれどどちらの未来を知った「身体」もきっと自分は愛せるのだと、願うしかないのである。

前髪カットの後で

皆さんの美容院では、前髪を切った後、顔についた毛をどうやって取ってくれるだろうか。

私はここ最近、そのことばかりを考えている。前髪をカットすると、細かい毛が顔につく。以前通っていた美容院では、いつもチーク用の化粧ブラシみたいなものを取り出して、毛を払ってくれた。それがスタンダードだと思っていた。疑問に思ったことは一度もなかった。

しかし、実は最近、私は浮気相手の美容院と付き合い始めたのだ。ブローだけの関係だったはずが、一回限りのつもりでつい一線を越えてカットしてもらってしまい、それがとてもよくて、そちらの美容院に乗り換えてしまったのだ。10年以上も付き合った元彼（美容院）と、別れの言葉もなく連絡を絶ってしまった。

今は、その浮気相手の美容院が「本命」に落ち着いたが、一時期はいろんな美容院と関係を持ってしまい、乱れた美容院生活を送っていた。そして、「顔についた毛」の取り方について、お店によっていろいろな方法があることを初めて知ったのだ。

ブラシで取ってくれるところが一番多い気がするが、コットンの場合もある。コットンや綿棒が入ったケースと手鏡を渡されて、「どうぞ！　ご自分で取ってください」と言われたこともある。こういうパターンもあるのかと思いながら自分で取ったが、その間、美容師さんが微笑みながら横に立っているのが何だか気まずくて、まだ顔に毛が残っているのに「もう大丈夫です！」と終わらせてしまった。

いろいろ調べたら、ドライヤーの冷風を顔にぶっかけて取ってくれる所もあるらしい。いきなりされたらびっくりする気もするが、ちょっとやってみたい。

今の美容師さんは、ティッシュペーパーで優しく拭《ぬぐ》ってくれる。けれどいつもかなりの毛が顔に残っているので、何かもっといい方法があるんじゃないのか……と毎日考えてしまうのだ。

それにしても、ついこの間まで、「美容師さんはブラシで髪の毛を取ってくれる」ものだと信じて疑っていなかった。自分は一生、そこの美容院に通っていくものだとも思っていた。

今は、今通っているお店にずっと行くつもりだが、また浮気心が疼《うず》くときがあるかもしれない。前の美容院のブラシの感触をちょっと懐かしく思い出しながら、そんなことを考えている。

女の色彩学　その二

先日、「カラー診断」に行った。

顔の下にドレープを当てて、それぞれに似合う色を春夏秋冬で診断してくれる、あれだ。友達が行くというので、「私も私も！」と便乗して一緒に行ったのだ。当日、友達4人でサロンへ行き、一人一人パーソナルカラーを診断していった。ついに自分の番になったとき、突如、異様な緊張感が私を襲った。

さっき先生が「パーソナルカラーはね……一生変わりませんからね……！　おばあちゃんになっても！」ときっぱり言っていたことや、このエッセイに「最近、白や紺の服を買うようになった。大人だからきっと似合うよ！（要約）」と書いてしまったこと。何も考えずに着てきた服を、「似合わない色身に着けてんじゃねーよ！」と叱られたらどうしよう……などなどいろんなことで頭がごちゃごちゃになり、

「さやかちゃん！　どうしてそんなに緊張してるの⁉」

と友達が仰天するほどの緊張感を漂わせてしまった。

「色よりさやかちゃんの物凄い緊張感のほうが気になるよ！」

「大丈夫だから！　別にこれで一生決まらないから！」

と励まされ（？）ながら、診断が進んだ。先生が途中で「ちょっと待ってください！　今の布、もう一度！　村田さん、ちょっとわかりにくいですね……もし間違えたりしたら大変ですから……！」と深刻な表情になったのも怖さを倍増させた。私の顔は青ざめ（わかりにくいのはそのせいもあった気がする）、やっと導き出された結果は「スプリング」だった。もっと先生の言葉通りに言えば、「サマーぶっているスプリング」だった。サマーぶっている……確かに私の持っている、紺や淡いグレーなどの服はサマーさんに似合う色かもしれないが、「私はサマーよ！　夏生まれだからサマー！」と思ってその色を身に着けているわけではない……しかし先生は私を真っ直ぐに見て、再びきっぱりと言った。

「うん！　サマーぶってますけどね……あなたはスプリングです！」

こうして、異様な緊張感の中、私がイエローベースの肌であり、季節はスプリングであることが判明した。

その後、化粧ポーチの道具をチェックしてもらい、自分はペンシルもマスカラもブラウンにしたほうがいいこと、チークはオレンジにしたほうがいいことなどを教えてもらった。

私のポーチの中は、サマーさんにぴったりな色調のものばかりだった。「私、確かにサマーぶっていた……」と密かに思った。

頭にはこのエッセイのことが浮かんだ。化粧がマンネリ化しているから眉毛を変えたい！ などと書いていたが、眉毛どころの騒ぎではない。

そして私は習った通りの色の化粧道具を買い揃え、今までとは違う色彩で化粧をしている。眉毛もアイラインもシャドウも口紅もチークも、今までと違う色になった。だからといって別に劇的に顔が変わったわけではないのだが、「一生使うと思っていた」ものをぜんぶ投げ捨てて新しい色で化粧をしていることがとてつもなく新鮮で、ついつい鏡を見てしまう。

「革命」とは恐ろしいもので、いつ起こるかわからない。「きっと、自分はずっとこうなんだろうなあ」と思っていても、何かをきっかけに変化することがある。これからも、思いがけない「革命」を繰り返しながら、きっと年齢を重ねていくのだろうな、と、今まで買ったことがないオレンジ色の口紅をつけつつも、このエッセイに「大人の色」とドヤ顔で書いてしまった紺と真っ白な服のことを、「これは駄目。スプリングさんには似合いませんよ」とかなりきっぱり言われてしまったことに、密かに絶望している……。

あとがき

このエッセイが始まったのは、2013年の10月30日。そして今は、2015年の8月17日。つい先日、36歳の誕生日を迎えたばかりだ。

「大人の思春期病」という、単純に当時一番自分が気になっていたテーマで、自由にエッセイを書かせてくださった担当編集さん、ａｎａｎ編集部の皆さんに、とても感謝している。そして、だんだんと連載が進むにしたがって、ヘンテコなこともたくさん書いてしまった私を許してくださったことに対しても、本当に土下座しながらお礼を言いたい。

「大人の思春期病」がテーマだったはずが、「あのエッセイ、だんだん、『村田さんは病気』になってますね！」と他誌の編集さんに冷静にツッコまれたり、作家友達から「あんた……ａｎａｎから浮いてるよ……！」と笑ってもらったり、「さやかちゃん、最初は『アラサーあるある』だったのに、だんだん『こんなことねえよ』になってきてるよね」と言われたりして、恥ずかしくも楽しかった。

エッセイの連載は初めてだったのだが、大勢の人と文字で大人のガールズトークしているかのような……というより、一方的に「ガールズトーク！　誰が何といおうとこれはガールズトーク！」と叫びながら謎の物体を世界に向かってぶん投げているような、独特の楽しさがあった。懐かしい友達が、「エッセイ読んだよ！　ばーかばーか！」と、まるで昨日会ったばかりのようなメールをくれるのもうれしかった。

このエッセイをきっかけに、いろんな「言葉」と出会った。友達の屈託のない言葉もそうだが、「私もそう思っているんです。実は最近……」という真摯《しんし》な告白や、「自分はこんなことを考えていたのか」と、自分が紡いだ言葉に自分で驚く不思議な感覚。そのすべてが、宝物のような気がしている。

書籍化するにあたって、原稿をすべて読み返し、前半はたくさん加筆してしまった。書いた当時とは考え方が違っていたり、もっと伝えたいことが膨大になっていたりしたのだ。大人の2年間なんてあっという間だというのに、その間にも、自分の心はどんどん変化しているのだと改めて思った。

2年の間に、私の身体はますます変化している。「老い」というものを知識である程度知っていたつもりでいたが、こんなに新鮮な驚きに満ちたものだということを、想像したことはなかった。

身体の変化と「思春期病」は、このままずっと続いていく病気なのかもしれない。これからも、私は自分の心も、身体も、大切に観察し続けたいと思う。老いていく身体を内側から見ることは、一生に一度しかない大切な観察記録のような気がするのだ。「痛み」だと思っていたものを、笑ったり、見せ合ったりできるようになった。私にそんな「変化」をくれたこのエッセイという場所に、心から、本当に心から感謝している。

村田沙耶香

2015年8月

文庫版あとがき

この本が単行本になったとき、「あとがき」に、「このエッセイが始まったのは、２０１３年の10月30日。そして今は、２０１５年の８月17日。」と書いた。

今日は２０１８年の９月20日。私は39歳になった。

文庫化にあたって、ひさしぶりにこのエッセイ集を読み返した。「もがいていたなあ」ととても驚いた。今では恥ずかしくないことを恥ずかしがったり、怖くないことを怖がったりしている。５年という年月で、人は変わるものだと思う。

単行本のときにゲラをしっかり見たつもりだったので、きっと直したいところはあまりないだろう、と思った。けれど実際には、自身の価値観が変わっていたりする部分もあり、この文章をそのまま出していいのだろうか、と悩んだりもした。でも、これが当時の自分なのだと思い、少し訂正するだけに留めた。

私は子供のころから、「女の子」でいることが苦しかった。「ちゃんとした（女の子らしい）女の子」にならなくてはいけないと思い、小学校高学年から中学生までの思春期の時代は、本当につらかった。大人になって、だいぶ楽になったと思っていた。

だが、こうして34歳のころの自分の文章を読み返すと、「まだまだ苦しんでるなあ」と思う。今よりずっと呪われていて、足掻いている。「ちゃんとしたアラサーの女性」にならなくては、と自分に言い聞かせているように思える。

今、自分が「ちゃんとしたアラフォーの女性」かというと、まったくそんなことはない。むしろこれを書いていた当時よりいろいろ悪化している感じすらする。でも、それでいいのだと思っている。

このエッセイが本になった後、素敵な話を聞いた。エッセイの中で私は自分がピンクを着ることを異様に気にしていたが、ある年配の女性が、とても鮮やかなピンクの服を持っていて、「ピンクはね、まだ私には早いから、今は寝かせているの。もう少し年齢を重ねたら、凄く似合うようになるから」と仰《おっしゃ》っていたそうだ。自分も、こんな素敵な考え方で生きていきたい。「これ、ちょっと派手だなあ」と仕舞い込んでいる服を、あの服は、もう似合わないのではない、まだ似合わないんだ、と思いながら、未来を楽しみに生きていきたい。

これを読んだ人は、「こんなこと気にして、自意識過剰で、馬鹿だなあ」と笑ってほしい。年齢を重ねるのは楽しい。どんどんいろいろなしがらみから自由になっていけるのだと、今は思っている。

最近、初めて、真っ赤な口紅を買った。自分には似合わないと、ずっと諦めていた色だ。若いころより皺が増えて中年になった自分の顔には、案外、鮮やかな赤がしっくりと馴染んだ。

これからも、たくさんの新しい経験をしながら、生きていくのだと思う。80歳の自分になったらどんなおしゃれをするか、今から楽しみにしている。その通過点である「大人の思春期病」を、読んでくださった方々、本にしてくださった方々に、心から感謝している。そしていつか、きれいなシワをたくさん身に纏った素敵なおばあさんになり、この本を笑って読み返したい。

２０１８年９月

村田沙耶香

文春文庫

きれいなシワの作《つく》り方《かた》
淑女《しゅくじょ》の思春期病《ししゅんきびょう》

定価はカバーに
表示してあります

2018年12月10日　第1刷
2025年4月30日　第6刷

著　者　村田沙耶香《むらたさやか》

発行者　大沼貴之
発行所　株式会社　文藝春秋
東京都千代田区紀尾井町 3-23　〒102-8008
TEL 03・3265・1211㈹
文藝春秋ホームページ　https://www.bunshun.co.jp
落丁、乱丁本は、お手数ですが小社製作部宛お送り下さい。送料小社負担でお取替致します。

印刷・萩原印刷　製本・加藤製本
Printed in Japan
ISBN978-4-16-791197-3